JN318702

舞妓はレディ

周防正行　白石まみ

幻冬舎文庫

舞妓はレディ

第一章

舞妓の必須三単語——これさえ言えればお座敷を乗り切れるという、そんな言葉がある。

「おおきに」
「すんまへん」
「おたのもうします」

京野法嗣《のりつぐ》は、京都の歴史ある小さな花街《かがい》の一つ「下八軒《しもはちけん》」に通ずる、華川という小さな川に架かった八軒新橋のたもとに立ち、行き交う舞妓や芸妓たちが、「おおきに」「すんまへん」と頭を下げ合うのを眺めていた。

さっきまで降り続いていた冷たい雨もあがり、ほわっとした空気が流れ込んでいるようにも感じる。少し濡れた石畳の路面には、はんなりとした風情が漂い、花街に彩りを添えているようにも見える。京野はそんなゆったりとした雰囲気の中で交わされる京ことばを、体全体で心地よく受け止めていた。

とはいえ、「京ことば」とひとくくりにはできない。

同じ楽器を奏でても、人それぞれに音色が異なるように、京ことばもそれを発する人によって、微妙にニュアンスが違う。言語学者、特に京ことばの研究者として、京ことばを習得するための自分なりの手法、名付けて「京野メソッド」を作り上げて体系化しているけれど、本当のところ、そのわずかな違いを楽しんでもいた。

今日は二月三日、節分だ。

教鞭をとっている京大学《きょう》の言語学の授業を終えた京野は、お茶屋兼置屋である「万《ばん》寿楽《すらく》」に向かい、花街で行われる節分の夜の「お化け」について、女将《おかみ》の千春から話を聞くことになっていた。

還暦をいくつか過ぎた女将は物腰が柔らかく、取材を申し込むと「いつでもどうぞ」と言ってくれる。しかし、京野は常連客でもないのにお茶屋に入り込んでタダ酒を飲むということで、「ゴキブリはん」と周囲から陰口を叩かれてしまう。自分の研究者然としたいでたちと真面目さが、お茶屋遊びをする旦那たちのそれとはかなり違うことは、京野自身、もちろんわかっている。

だが京野は、お茶屋の独特の空気と、おっとりとした外見ながら、凛《りん》とした雰囲気を持つ女将がたまらなく好きで、ここに通い続けているのだった。

京都には、祇園をはじめとするいくつかの花街がある。

歴史が古いとはいえ、小さな下八軒をなぜ選んだのか、なかでも、なぜ万寿楽にこだわっているのか——こぢんまりしているから親しみやすいと思ったのか、はたまた誰かに紹介してもらったのか、そのあたりはハッキリ覚えていないけれど、お茶屋の取材というと、自然とここに足が向いてしまう。

どちらにしても、一つの花街で付き合いができるお茶屋は一軒だけという暗黙のルールがある。そのルールを破って複数のお茶屋に出入りを繰り返していると「ほうきのかみ」と呼ばれ、嫌われるのだ。そうなってしまったら、「ゴキブリはん」と呼ばれるよりも、たちが悪い。

京野は万寿楽の奥の茶の間に入れてもらいはしたものの、「ゴキブリはん」なりに遠慮しつつ、少しかしこまった感じで正座をしていた。

「お膝、くずしておくれやす」

千春に言われて初めて、京野は「おおきに」と足をくずさせてもらった。これだけお茶屋にも足しげく通い、フィールドワークを重ねていても、千春とのこのやり取りを終えて初めて、ようやく足をくずすことにしている。

京都では、いくら京ことばを習得していても、京都生まれの京都育ちでなければ、いつまでも「よそさん」として扱われてしまうところがあるからだ。


その時、玄関のほうから抑揚とハリのある男の声が聞こえた。

「こんばんは〜」

女将が返事もしないうちから、どんどん上がり込んでくるのは、ご贔屓《ひいき》筋の旦那である老舗《しにせ》呉服屋冨田屋の社長・北野織吉だ。ここらでは若様と呼ばれている。

「なんや、なんや。ゴキブリはんとこたつでしっぽりか」

からかうように言って、口をへの字に曲げてすねてみせる。しかし、勝手知ったる我が家というように、若様は長火鉢の横の茶簞笥《ちゃだんす》を開けると、お猪口《ちょこ》を取り出した。

「ややわあ、若様。センセはお化けの取材に来やはっただけどす……どうぞ」

千春は自分がいた場所を空け、若様にゆずろうと、腰を浮かせた。

「ここでええわ」

言いながら、若様自ら座布団を持ってきてこたつに入るのを見て、千春は「そうどすか？」と座り直す。古くからの馴染みというだけあって、そのやり取りはとても自然だった。

「お化けは取材するもんやのうて、楽しむもんやろ。それをお勉強か。偉いもんやなぁ。さすが、大学のセンセさんは違う」

〝さすが〟という言葉に多少の嫌味が含まれていることに京野は気づいていたけれど、あえて平然とそれを無視した。

千春はそのやり取りを見て、微《かす》かに笑いながら、若様のお猪口に酒をついだ。

花街にはお化けが出る。

節分の夜になると、舞妓や芸妓が時代劇や民族舞踊など、通常の着物姿とは違う扮装をしてお座敷に出て、厄払いをする。その儀式を「お化け」と呼ぶのだ。

万寿楽の二階の座敷でも、先ほどからお化けのお座敷が行われている。万寿楽の里春、豆春、百春もご多分にもれず、CDプレイヤーを持参しながら、夜の座敷を渡り歩き、それぞれでご祝儀をもらっていた。


キラキラした梅の簪《かんざし》をつけ、だらりの帯をつけた舞妓姿の百春が、逃げるように閉じられた襖《ふすま》のほうにあとずさり、悲愴な声をあげる。

「堪忍しておくれやす。うちには約束したお人が」

その百春ににじり寄っていく芸妓・豆春の扮装は、鼻の頭を赤くしたちょび髭の親《お》父《じ》だ。ふっくらした体型に腹巻がよく似合っている。

「何言うとる。水揚げのことはおかあちゃんから、きっちり聞いとるやろ」

ちょび髭の豆春がすごんだ時、襖の向こうから「ごめんやす」と低くハッキリした声が聞こえた。

襖が開いて現れたのは、女渡世人の格好をした芸妓・里春だ。

「旦那さん、見苦しおすえ」

　里春は百春をかばうようにして、豆春の前に立ちはだかると、次の瞬間、片膝をついて頭を下げた。

「なんや、お前は」

　豆春の言葉に、里春は顔を上げるとキッと強い視線で睨《にら》み、啖呵《たんか》を切った。

「娘盛りを座敷にかけて　京の夜空に恋も散る　張った体に緋牡丹《ひぼたん》燃えて　それが芸妓の　それが芸妓の意気地どす」

　そう言って、片肌を脱ぐと、そこには見事な緋牡丹の刺青《いれずみ》がされていた。

　バックには百春が持参したCDプレイヤーから『緋牡丹博徒』のテーマが流れる。

　そう、今のやり取りは『緋牡丹博徒』のパロディなのだ。

　『緋牡丹博徒』は、万寿楽の女将・千春の芸妓時代のオハコだった。昭和四十年代に、富司純子《ふじすみこ》が藤純子《ふじじゅんこ》だった時代に主人公「緋牡丹のお竜」こと矢野竜子を演じた。それが人気となってシリーズ化された映画の竜子役を、「お化け」の日になると里春が演じることになっている。

　その派手な刺青のあまりの衝撃に、ちょび髭の親父、当時、若山富三郎が演じた熊《くま》虎《とら》親分役の豆春は思わずのけぞる演技をした。そのまま何も言えずにあわあわしている豆春に、里春は畳みかけるように話し続ける。

「誰が呼んだか、緋牡丹芸妓。花街に咲いた一輪の華、下八軒は万寿楽、里春ゆう昨今駆け出しの若輩者どす。以後よろしゅうおたのもうします」

「いよっ！　待ってました！　里春！」

　手を叩きながら声をあげたのは、万寿楽の馴染みの旦那であり、大手芸能事務所の社長である高井良雄だ。今日はイタリアの観光協会員であるマリオ・マエストリを接待しているのだ。彼の隣には通訳の大平美智子が控えていて、隙《すき》を見ては高井たちの会話を通訳している。

「ブラボー！」

　マリオも頭上で拍手をすると、里春はきりっとした顔を突然くずして微笑《ほほえ》んだ。

「おおきに、おおきに」

百春、豆春も「おおきに」と言って座敷を移動する。

「すんまへん、ねえさん」

「まあ、一杯。い〜よ！」

高井は盃洗《はいせん》して里春に盃《さかずき》を渡し、酒をついだ。昔から、一つの盃で酒を酌み交わすことにより、心を通わすと考えていた日本では、盃がやり取りされるのだ。

「おおきに」

里春が盃を受け取ると、高井は上機嫌で「マリオ、い〜よ」と言って、通訳の美智子の顔を見た。それを受け、すかさず、美智子がマリオに説明する。

満足そうに見届けた高井は「ごくろうさん」と祝儀袋を里春に差し出した。

「おおきに」

受け取って、胸元にしまう里春の肩口を、高井はなめるように覗《のぞ》き込む。

「それにしても、よく描《か》けてるな、その刺青」

「太秦《うずまき》のプロデューサーにお願いしましたんどす」

そう言いながら、里春は高井のイヤらしい視線をたくみによけ、さりげなく着物を直して肩口を整えた。

「うちかて太秦やけど、えらい違いや」

ちょび髭の熊虎親分姿になった豆春がひとりごちると、高井は取り繕うように「いや、さすが、さすが。いつもながらプロ中のプロ。名脇役だ。下八軒の若山富三郎！」と高らかに言って、豆春にもご祝儀を渡した。

「おおきに」

豆春がまんざらでもなさそうに笑顔を見せ、ありがたくご祝儀を受け取ると、高井はゆっくりと向きを変え、今度は百春に目を向けた。高井は馴染みだけあって、このあたりの順序をきちんとわきまえている。

「百春ちゃーん、お疲れちゃん！」

「おおきに」

高井は百春に祝儀袋を渡すと、マリオにもご祝儀を渡すよう目くばせした。

三人それぞれに義理が果たせたと思ったのか、高井は改めて里春の耳元で囁《ささや》いた。

「で、一緒にイタリア行く約束だけどな」

高井はいつも里春に会うと、イタリア旅行をしようと誘う。しかし、そのたびに里春はニッコリ笑って言うのだった。

「おおきに」

高井はその返事を嬉しく聞くのだが、約束はまだ実現していない。

今日もまた、里春は高井の誘いに対して、「おおきに」と応じたが、すかさず盃洗すると、高井に盃を渡して、調子よくその場を盛り上げた。

「高ちゃんのちょっといいとこ見てみたい〜！」

里春が声を張り上げると、豆春と百春も声を合わせて手を叩く。里春は高井の盃になみなみと酒をついだ。

「はい〜、最初に三回、高ちゃんに三回、おまけに三回、飲め飲め　吐け吐け　飲め飲め　吐け吐け」

その間に、通訳の美智子は生真面目にマリオに説明をする。

「今日、二月三日は節分という特別な日で　舞妓さんや芸妓さんが仮装して　お座敷でサービスする〝お化け〟という日です」

里春たちが拍手で盛り上げる中、高井は盃を一気に空けた。

「高ちゃんはお強い！　ええ男や！　男前や！」

「もう一杯！」

舞妓の百春と、芸妓の里春、豆春に持ち上げられ、いい気分で調子に乗った高井が盃を高らかに掲げた。

「舞妓さんに化けたんですね」

マリオが自分のそばに座り、酒をついでくれる舞妓〝姿〟の百春に声をかけた。年齢的に舞妓らしからぬ百春の見た目から、本来は芸妓なのに、お化けの夜だからこそ舞妓に扮装したと思ったのだろう。

「アイ　アム　リアル　マイコ。ほんまの舞妓どすねや」

ちょっとムッとして百春が日本語混じりに言い返すと、マリオは「冗談でしょ、歳《とし》をとりすぎてる」と高らかに笑いとばした。京都の風習に詳しくないマリオでさえ、舞妓というものはせいぜい二十歳前の若い子がなるものだとわかっているのだ。

たしかに舞妓といえばだいたい十代だ。若ければ若いほど商品価値が高くなるため、できるだけ短い修業期間で舞妓になる。本当は、作法や舞などの上達度合いで舞妓になることができるのだけれど、年齢によってはいきなり芸妓デビューということもあった。

その慣例からいえば、百春はとっくに芸妓になっていないとおかしい年齢なのだ。

「ショックやわあ。ジョークやて」

「よう知ったはるわ、さすがイタリア観光協会はんや」

里春がさらっと流すのに対し、百春はぷっと頬を膨らませた。

「おい、お前、なんで化けないんだ？」

追いうちをかけるように高井が百春に尋ねると、本人が答えるよりも前に、豆春が「十二年、ずっと化けてるさかいにどす」と口を挟んだ。そのツッコミに百春は「いけずやわぁ」と体をくねらせる。

「そうか、そりゃそうだ。毎日が〝お化け〟のようなもんか。十二年間も舞妓なんて、ほんまのお化けや。マリオ、お化けや」

高井が嬉しそうにマリオに言った。マリオはようやく納得したように頷《うなず》いている。

「うちが芸妓になったら、下八軒に舞妓がいてへんようになってしまうさかい、仕方ないのんどす。そやけど、高ちゃんがバイトやのうて、ほんまもんの舞妓志望者連れてきてくれはったら、うちかて芸妓になれんのどっせ」

百春が恨みがましく高井に言った。大手芸能事務所の代表である高井はイベントがあるたびに舞妓を手配しているのだ。

「俺が頼まれたのは……本物じゃなくて、うちのタレントを使ったバイトだからな。組合にも言ったんだよ、いっそのこと、インターネットで募集して、どんどんどん舞妓にしたらいいんだよ。そしたらお前、すぐに芸妓だよ。俺に言わせりゃな、舞妓っていうのはアイドルなんだよ。親父が会いにこられるアイドル。だからド素人でいいんだよ。まだ何も知らん、若くてかわいい娘を酒の肴にして親父が楽しむ。それが舞妓遊びだよ」

お茶屋遊びに関してだけでなく、システムにまで勝手なウンチクをたれ、舞妓や芸妓たちがどれほどの苦労をしてきたか、少しもわかっていない高井に、里春は何か一言言ってやりたそうな顔をしていたが、それを察知した豆春が暗黙のうちに止めた。そして、うまく高井の顔を立てながら、舞妓である百春こそがこの下八軒で大切な存在であることを主張した。

「もうちょっと辛抱せなあかん。百春、お茶屋組合としてはや、たった一人の舞妓がいいひんようになっては困るんどす。ゆうてみれば、百春ちゃんはこの下八軒のために気張ってくれてはりますねや。下八軒の救世主どす。い、しゃっ、ち、ょ、こ、ばって舞妓一筋」

「そうや、い、しゃっ、ちほこ、ば、って舞妓一筋」

里春も気持ちを切り替えて頷くと、話題の中心とされていた百春も「ほな、ほな、しゃっちほこばって、やりまひょか」と頷き、立ち上がった。

「よぉ、待ってました」

高井の合図で豆春が歌いだすと、里春と百春が踊り始めた。高井もマリオも、通訳の美智子も手拍子をする。

「見たか　聞いたか　名古屋の城は　五十櫓《やぐら》の絶頂で　金のしゃちほこ　しゃちほこ」

しゃちほこの言葉に合わせて、里春と百春が着物の裾を両足に挟むと、向かい合わせに逆立ちをしてエビぞりになる。それは名古屋でよく見かける、有名な金のしゃちほこスタイルだった。

「マリオ、これがワールドフェイマスシャチホコだい」

高井がさらに声高らかに言い、嬉しそうに手を叩いた。


下の茶の間にいても、さっきから何やらドタバタする音は聞こえてくる。百春が三十路近くなったのに舞妓でいることについて、からかわれているのも筒抜けだった。たしかに、今は舞妓のなり手が少なく、この下八軒には正式な舞妓が百春一人しかいない。だからいまだに下八軒では、百春だけがすでに割れしのぶではなく、経験を重ねた舞妓の特徴であるおふくという髪型をし、赤い襟《えり》を見せている。

もともと、舞妓や芸妓は江戸時代、京都の八坂神社のある東山周辺の水茶屋から始まった。水茶屋というのは、神社仏閣へ参詣する人や街道を旅する人にお茶をふるまう店のことで、その店で働いていた茶汲み女が歌や舞を披露するようになったのが始まりだといわれている。最初こそ、お茶や団子を提供していたものの、いつしか酒や料理が加わり、それを運んでいた娘たちが歌舞伎芝居を真似《まね》て三味線や踊りを披露するようになって、舞妓・芸妓となっていったという。

それからというもの、舞妓になる前の「仕込み」時代に舞や行儀作法、着物の着付けなどの修業を経て、約一年後に舞妓としてデビューするまで、舞などはもちろんマナーにも磨きをかけなければならなくなった。そのような厳しいしきたりの中でやっていかねばならないのだから、辛抱ができて肝の据わった人物でなければ、なかなか一人前の舞妓になれないのだ。その証拠に、舞妓志望だと言ってやってきても、稽古などをそれほどやらないうちに逃げ出す子はたくさんいるという。

「それにしてもやな、下八軒の舞妓は、いったいどないなってんにゃ」

二階の声が聞こえたのか、若様が言った。

「なんのことどす？」

千春は、百春のことで何かというように聞き返す。

「新しい舞妓や。どこの子ぉや？　訊いたらな――」

若様はそこで言いよどんだ。

見かけない顔だったので、「どこの子か」と尋ねたところ、舞妓姿の福葉《ふくは》はニッコリ笑って、「千葉どす」と答えたのだという。

「そんなん訊くほうが悪おっせ。正直にゆうただけどっしゃん」

千春は今さらそんなことを問うたところで仕方がないではないかとでもいうように、呆《あき》れ顔で笑った。

「どこの屋形の子ぉや、ゆうつもりで訊いただけや。それが『千葉どす』やて」

つまり、「どこの子」という意味そのものも伝わっていなかったのだ。

「千葉なら、『です』。千葉、です」

千葉出身なら当然、標準語を使うものだ。京野は自分で確認するかのように「千葉です」とつぶやき、頷いた。

「千葉があかんのどすか。それとも、千葉とゆうたら、〝どす〟やのうて〝です〟言わなあかしまへんの？」

千春が不思議そうに、若様に聞き返す。しかし、若様にとっては、言葉の問題ではなかったらしい。舞妓といえば京都生まれ京都育ち、しかも花街で生まれ育って、六歳の六月六日から舞の稽古を始めた女の子というイメージがある。それが無理でも、せめて京都生まれで、生粋の京都弁を話してほしい。百歩ゆずって、京都生まれでなくても、小さい時から京都の学校に通っている京都育ちであってほしいのだ。平然と「千葉どす」と言われてしまっては夢も情緒もあったものではない。

「それに、もう一人は名古屋らしな」

「名古屋だがね」

京野は調子よく、語尾を名古屋弁に変えてつぶやいてみた。テンポも抑揚も京ことばとは程遠く、変な感じがする。

「そうゆうたんか」

若様が目を丸くするのを、京野はゆっくりと否定した。

「そやのうて、名古屋やったら、それが正解や、ゆう話です」

「あほらしもない。言語学者かなんか知らんけど、しょうもないこと言わはらんでよろし」

呆れたように顔を背ける若様を見て、千春が苦笑した。

「あの子ら、アルバイトどっせ」

「嘘やろ。なんやそれ」

観光客向けの舞妓体験を知ってはいても、舞妓とアルバイトという言葉がつながらなかったらしく、若様がのけぞった。この人の動きは見ているだけでおもしろく、行動心理など充分に研究対象になるのではないか、京野は言語学者ながら、そう思っている。

「舞妓がほんまに見世出ししはったら、若様が知らはらへんはずおへんやろ」

千春が当然のことというようにしゃらっと指摘して、湯呑みを口に運んだ。女将は常連組のお得意さんの心をくすぐるのが本当にうまい。万寿楽に来るお客さんは、芸妓の里春や、下八軒で唯一の舞妓である百春がいるからというだけではなく、千春本人のファンも多い。

「そらまあ、そや。けどアルバイトて、どういうこっちゃ」

「下八軒をアピールせなあかんゆうて、組合が外国の旅行会社の人集めて、ホテルでパーティーやりましたやろ」

「ああ、そんなんやるゆうてたな。これからは『外国人ツアー客誘致せなあかん』ゆうて」

「そん時、舞妓がうちの百春だけでは寂しいゆうて、組合がアルバイトで舞妓を雇うたんどす。イベントの時は、それからも呼んでますねや。お座敷には上げさせしまへんけど」

つまり、組合としては、舞妓という存在に華やかさだけを求めて、イベント用のアルバイトを募集したということになる。花街の中でも小さな下八軒としては苦肉の策だったのだろう。ここで京ことばや花街のしきたりなどもすたれていってしまうのは、言語学者としても、花街の一ファンとしても寂しいと、京野は千春の言葉をメモしながら、小さくため息をついた。

その頃、京野が渡ってきたのと同じ八軒新橋を、西郷春子はスーツケースをゴロゴロと引っ張りながら渡っていた。

石畳と情緒ある紅殻格子《べんがらごうし》のお茶屋が立ち並び、花街らしさを思わせる。独特のはんなりとした空気を感じながら、春子は、ようやくやってきたのだとスーツケースを持つ手に力を込めた。

薄暗い中、提灯《ちょうちん》がぼんやりと光る八軒小路を、リュックを背負い、チェックのツイードのコートに毛糸の帽子、いかにも手編みらしいマフラーをして歩いていると、それだけでものすごく浮いているのはさすがにわかる。

これでは、夕方にうっかり花街に迷い込んでしまったただの修学旅行生にしか見えないだろう。場違いだとつまみ出される前に早く店を探さなければと、春子はきょろきょろと八軒小路を歩いていった。

一軒一軒、店の上に掲げられた名札を見上げながら歩いていくと、探し求めていた名前――「豆春」「里春」「百春」を見つけた。

「ももはる。ばんすらく」

春子は声に出して確認すると、大きく深呼吸をし、玄関に手をかけた。

「こんばんは……」

奥のほうで声がする。楽しそうに騒ぐ声も聞こえる。今はお客さんがいる時間なのだろう。もしかしたら、相手にしてもらえないかもしれないと、春子はドキドキしながら、誰かが出てくるのを待った。

軽い足音がして、薄いピンクとシルバーの着物を着た上品そうな女性が出てきた。背筋がピンと伸びていて、所作が美しい。きっとこの人が万寿楽の女将さんなのだろうと春子は思った。

「どなたはんどす？」

話しかけられ舞い上がってしまった春子は毛糸の帽子もとらず、巻いたままのマフラーに顔をうずめながら、息を大きく吸うと、挨拶も、自己紹介もなしにいきなり頭を下げた。

「まい、まい……舞妓さんさしてくいやはんどかい！」

「舞妓さんになりたい、ゆうたんか？」

春子がおそるおそる頷くと、その女性は玄関に座り、「どなたさんの紹介どす？」と言った。

紹介……？　誰かの紹介がなければ、舞妓にはなれないのだろうか？

春子は首を傾《かし》げた。

「どこの誰かもわからんお人を預かるわけにはいかしまへんのえ」

「頼めすじゃあ。舞妓さんさなりてんだじゃあ」

「夜遅ういきなり来て、『へえ、そうどすか』ゆうわけにはいかへんのや。お帰りやす」

お帰りと言われたからといって、すごすごと帰るわけにはいかない。なにせ一世一代の覚悟で出てきたのだから。

と、その時、春子よりはだいぶ年上に見える舞妓さんが階段を下りてきた。

この人はきっと……きっと――！

「百春さん！」

春子がほっとして笑顔になると、着物の女性は「え？　あんたの知り合いか」とぎょっとしたように、百春を振り返った。

「知らんけど……？」

首を傾げる百春だったが、春子は味方を得たとばかりに勢い込んで、さらに話しかけた。

「ブログ、読んでるんだぎゃあ。〝舞妓さん便り〟」

春子は舞妓に憧れを持ってから、インターネットで「舞妓になるためには」「舞妓さんの仕事」などを調べまくった。その時、百春が書いているブログに行きあたったのだ。下八軒の舞妓は万寿楽の百春一人しかいないけれど、毎日楽しくやっている。もし、舞妓になりたい中高生がいたら、遊びに来てくださいというような記述があり、ここなら自分を舞妓さんにしてくれるかもしれないと、思い切って京都までやってきたのだった。

しかし、たしかにいくら百春でもブログの読者をすべて把握しているわけではない。百春は「ブログ」と聞くと、あちゃーと小声で言って、くるりと顔を背けた。

「なんえ、それ」

着物の女性が問い詰めようとした時、階上から「おい、どうした！」と声がした。そのドスの利いた、酔っぱらったような声に春子は思わず肩をすくめてしまう。一方で、百春はここぞとばかりに「すんまへーん」と階上に向かって叫び、ブログ話をうやむやにした。

階上から「飲みにいくか」「おおきに」などというやり取りも聞こえてくる。

「みなさんお帰りどすか」

着物の女性はさっと表情を変える。百春が「へぇ」と頷くと、テキパキと立ち上がり、春子を暖簾《のれん》の奥へと促した。

「お客さんお帰りやすさかい、お見送りしたら、話聞くし、そっち行って、待っといやす」

追い立てられ、春子は言われるがままに、スーツケースとともに玄関横の台所に入った。成り行きとはいえ、ともあれ、万寿楽の中に足を踏み入れられた嬉しさでいっぱいだった。


しかし、その考えは甘かった。

千春という名の女将は、話を聞いてくれると言ったものの、お座敷遊びでテンションのあがったお客さんを見送ったあとは、まず帳場に百春を呼び出し、春子が見つけたというブログ〝舞妓さん便り〟を書いたことについて問い質した。

春子はその百春の少し後ろにかしこまって座っていた。デニムのオーバーオールを穿《は》いてきてしまったので、正座をするにはちょっと窮屈な気もする。けれど、ストーブの近くなので、暖かい。緊張した心がゆるゆると解けていくようだった。

奥のこたつには少し年配の貫禄のある着物姿の人と、三十代くらいのスーツを着た真面目そうな人が座っている。とはいっても、サラリーマンではなさそうだ。

百春がうまく言ってくれないだろうかと、春子は祈るような気持ちで、彼女の後ろ姿を眺めていた。

「パソコンで、うちのことや、下八軒のことブログで書いてるんや」

京都生まれ京都育ちの百春のブログは、京都のことも下八軒のことも、それから万寿楽のことや女将の千春のことも、とても魅力的に書かれていた。だからこそ春子はさらに舞妓になりたいという気持ちをつのらせ、ここまでやってきたのだ。

「なんで、そんなことすんのぇ」

「なんで、て。営業や。お茶屋のことやうちらのこと知ってもろて、お客さんに来てもろうて」

「そんなんは舞妓が心配することやない。その『フロク』かなんかしらんけど、そんなんやめとぉき。それに、それ見て来たんはお客さんやのうて、舞妓になりたいゆう子や」

千春はそこまで言うと初めて、春子のほうをチラリと見た。厳しいような、あわれんでいるような、そんな微妙な表情をしている。

「そうや。うちらの仕事に興味を持ってくれはったんやし。よかったやん、こうして舞妓になりたいゆう子ぉが集まってきたら、また下八軒も盛り返せるし」

「そんなんで盛り返せえへん。だいたいな、誰の紹介でもない、どこの子ぉかもわからんようでは話にならしまへん」

千春は百春に対しても、もちろん春子に対してもかたくなだった。

春子はなんとかして「舞妓になりたい」という思いを伝えようと考えた。

どうやったら伝わるのだろう。

ずっと舞妓に憧れてきた。

いつの間にかそれは自分の夢になっていた。知らない世界はもちろん怖いけれど、同時にわくわくした気持ちも高まり、勇気を出してやってきた。もう、ここまで来たのだ。後戻りなどできない。

「たのもんで。あたいも舞妓になるごたぁ」

（共通語訳⇓お願いします、舞妓になりたいんです）

「……鹿児島？」

こたつにいるスーツの人が何かつぶやいたのが聞こえた。でも、今はそんなことよりも頼み込むほうが先だ。春子は必死だった。

「ならねばまねのさあ」

（共通語訳⇒ならないとダメなんです）

「……今度は津軽？」

またスーツの人の声が聞こえたような気がしたけれど、細かいことに構っていられない。春子は床に頭をすりつけんばかりに土下座をした。

しかし、誰も言葉を発せず、しんとしている。

おそるおそる顔を上げると、皆ぽかんとした顔をして春子を見つめていた。

「あの……？」

さらなる沈黙ののち、スーツの男の人が無表情のまま、早口でしゃべり始めた。

「鹿児島弁と津軽弁のバイリンガル。初めて聞きました。鹿児島と津軽を行ったり来たりで育ったか、あるいはご両親の一方が鹿児島弁、もう一方が津軽弁。それも相当強烈なネイティブ・スピーカーとしか、考えられません」

しゃべっているうちにだんだん声が大きく、早口になり、身を乗り出しているようにも見えるから、興奮状態なのかもしれない。

するると、年配の着物の男の人が、「そうか？　そうなんか？」と尋ねてきた。何が「そう」なのかわからず、春子は首を傾げる。

「ところであんた、今、東京弁でしゃべらはったな」

年配の人が向き直ってツッコミをいれると、スーツの人は「あ……」と次の言葉を呑み込み、「しまった」というような表情をした。

「……かごっま生まれのばあちゃんと、津軽ふとのじさまのとこでおがたのさぁ。かごっまに十年、津軽さ来て六年たじましたじゃぁ」

自分の生い立ちを一生懸命説明したのに、千春は、はなから聞く気などなかったようで、「なんや、わからへんわ」とバッサリきられてしまった。

「百春、あんたの責任や。もう遅いし、どこぞのホテルへ連れてっておあげやす」

千春が春子の前に歩いてきて、しゅっと座る。多分、今から「帰れ」と言われてしまうだろうに、その身のこなしの美しさに見とれてしまう。

「あんた、舞妓になりたいゆうなら、しかるべき筋を通して来なあきまへん。明日はお国に帰んのえ」

そう言ったかと思うと、再びすっと立ち上がり、振り返りもせずに二階へ上がっていってしまった。

「しかるべき筋?」

「あんな、もう来たらあかんゆうことや。あんたに、そないな筋あるか」

百春にそう言われたら、頭がクラクラして何も考えられなくなり、全身の力が抜けてしまった。そんな筋やコネなどあるのなら、いくら世間知らずの春子でも、百春のブログだけを頼りに遠くからいきなり出てくることなどない。

もうこのまま舞妓にはなれないのだろうか……。

「立てるか? 今、ホテルまで送ってくさかい。ぐずぐずしてると、おかあちゃん、よけいに機嫌悪くならはるし。……立てるか?……なんや、足痺《しび》れたんか? 行くえ」

百春に支えられ、ようやく春子は立ち上がった。

盛り上がりつつあった気持ちがしゅっとしぼんでしまった。

スーツケースやリュックなどの荷物がとても重く感じられる。先ほどとはまったく違う気持ちで八軒新橋を戻るほかなかった。せっかく憧れの舞妓さんとしゃべれて、一緒に歩いているのに、すべての道が閉ざされてしまった気がしていた。

「なんや、かわいそうな気ぃするな」

百春に連れられ、しょんぼりと出ていった春子の姿が印象的だったのか、若様がポツリとつぶやいた。

「かわいそうなんやったら、願いを叶えてあげまひょ」

あの子の真剣なまなざしはとても印象的だった。せっかくの舞妓志望者なのだ。これからの下八軒を守《も》り立てるためにも、貴重な存在ではないか。

「そら無理や。舞妓になりとうても、なれんのが気の毒や、ゆうてるだけや。あの訛《なま》りやったらどうにもならんわ」

「訛りだけですか。あかんのは訛りだけですか」

訛りだけの問題なら――とはいっても、鹿児島と津軽という今まで聞いたこともないほどの強烈な訛りだったけれど――なんとかなるかもしれない、なんとかできるかもしれないと京野は考え、重ねて尋ねた。

「そうやない。育ちもわからん」

舞妓になるには、本人の強い意志だけではなく、両親が納得しているのか、人としてしっかりと育ててきたのかなどが重要である。中学を出たばかりの子を預かり、一人前の舞妓にするまで、日々の生活だけではなく、お稽古事等の一切の面倒を見なくてはならない。だから、ちょっとやそっとのことで逃げ出すようでは困るから、甘やかされて育てられていたり、人としてのマナーを教えてもらっていなかったり、常識から外れていたりする子では、おいそれと引き受けるわけにはいかないのだ。

「それに、致命的やろ、あの訛りは」

「致命的かどうか、そらやってみなわからしまへん」

「センセ、あんたも無茶ゆうな。あれで舞妓になれるか？」

正直、わからない。だから、「なれる」とは即答できなかった。

しかし、京野はあの春子という子にただならぬ興味を持っていた。あの強烈な訛りのある子に、自分が開発した京野メソッドがどこまで通用するか試してみたいという気持ちがむくむくと湧《わ》きあがってきているのを感じていた。

「なったら、どうしやはります？」

「そら驚くわな。けど、なれん」

京都生まれ京都育ちの女子こそ、舞妓になるべきだと思っており、「千葉どす〜」

のアルバイト舞妓に衝撃を受けた若様は、あれほどひどい訛りを持つ地方出身の春子がなれるわけはないと断言した。

「驚かしたら、なんぞご褒美くれはりますか」

京野は若様の顔を覗き込んだ。

「えらい強気やな。ええで。そやな……これから先、あんたのお茶屋遊びの面倒、全部見させてもらいまひょ。大学教授がいつまで経《た》ってもゴキブリはんやったら、あんまり情けないさかいにな……」

若様の言葉に、京野は膝を打った。

「決まりや！　あとは女将さん次第や」

いつになく京野が高らかに声をあげた時、ちょうど千春が二階から銚子や小皿をお盆に載せて戻ってきたところだった。

「何が、うち次第どすか」

春子を帰らせた時とはまるで違う穏やかな表情で千春はこちらを見た。いつもと違う様子だからか、京野を興味深げに見ている。

「女将さん、やりまひょ。この若様に、冥途《めいど》の土産《みやげ》、持たせまひょ」

東京弁と関西弁が混ざってしまったが、いきなり話題を振られた若様は気にすることもなく「まだ死にとないゎ」とつぶやいている。

「何ゆうといやすの。わからしまへん」

「女将さんと僕で、ほんまもんの舞妓、育てんのどすがな」

怪訝《けげん》そうな顔の千春を説得しようと、京野は躍起になっていた。久しぶりの舞妓デビューとなれば、下八軒も万寿楽も盛り上がるだろうし、京野自身も「地方出身の子に京ことばを教え、舞妓デビューさせた」となれば、話題になるかもしれない。

「本気でゆうてんのかいな。ほな、失敗しはったら、あんたはんはもう下八軒、出入り禁止や。二度とそのインチキ京都弁もつこうてほしないわ」

若様が観念したように交換条件を出した。

出入り禁止だのインチキ京都弁だの、今は何を言われてもいい。京野は、あの鹿児島弁と津軽弁のバイリンガルの子に京ことばを教えられる喜びにあふれ、同時に、なんとかしてあげたいとも思っていた。

第二章

青森県の雪深い村を、風呂敷包みを背負って歩いている一人の男がいた。根雪の上を歩きにくそうに、足をゆっくり上げては一歩一歩進み、ともすれば転びそうになる。それほどまで苦労をしても進み続けているのは、男衆《おとこし》をしている富さんこと青木富夫だった。

男衆という仕事は、花街で必要とされる男性ならではの職業で、主に舞妓や芸妓に着物を着付ける仕事をする。また、それだけではなく、お茶屋と置屋の連絡役を買って出たり、芸妓や舞妓のちょっとした用事や相談や悩み事などを一手に引き受けたりもするのだ。つまり、女ばかりの世界で、唯一、奥深くまで入り込んで内部事情を知ることを許された男性で、信頼も厚い。

そこで、あの春子という子の実家に行って両親に会い、本当に舞妓になりたいのかどうか、そして両親もそれを後押しするつもりなのか訊いてみて、富さんの勘でいけそうだったら連れてきてほしいという京野の頼みだった。

西郷家は、同じ時代に生きているとは思えないほど時間が止まってしまったような、ある意味、風情のある、それ自体が歴史であるかのような建物だった。

富さんはヒューヒューと家の中まで吹き込んでくる風と雪に体を震わせながら、凍える手でICレコーダーを取り出すと、春子含め、西郷家の人々に気づかれないようにそっとセッティングをし、スイッチを押した。

先ほどから春子の祖父である田助と、祖母の梅、そして春子は、京都からわざわざ訪ねてきた富さんそっちのけで仏壇に手を合わせている。富さんが伸び上がってみると、仏壇に写真が飾られているのが見えた。その写真に写っている若い男女はきっと春子の死んだ両親なのだろう。富さんは眉を寄せ、どこかで見たことがあるような……と考えながら、まじまじと見て思い出そうとするが、それより何より、とにかく寒くて頭が回らない。

手を擦《こす》り合わせ、肩を上げながら震えていると、ようやく仏壇への何かの報告が終わったのか、三人はゆっくりと富さんに向き直った。

「わいはー、こした遠ぐまで来てけで、こくてらべえ。まんず、さげこで体ぬぐだめてけれ」

（共通語訳⇓あらまぁ、こんな遠くまで来てさぞかし疲れたでしょう。まずは、お酒で体を温めてください）

田助がにこにこと何かを話している。ねぎらってくれているようにも聞こえるが、富さんは実はまったく理解できていない。あっけにとられていると、今度は梅からいきなり湯呑みを渡された。

「あたいげんどぶろくじゃっどん、うまかどぉ」

（共通語訳⇓我が家の濁酒なんですけど、おいしいですよ）

どぶろく、だけ聞きとれた。持っている湯呑みになみなみとつがれているのはどぶろくなのだろう。もてなそうとしてくれているのはわかるが、何を言っているのかやはり何も理解できない。それでも、あまりの寒さにおそるおそる湯呑みに口を近づけると、田助がにこやかに話しかけてきた。

「わいはー、いの春子ごんぼほるはんで、たげもかんにな〜」

（共通語訳⇓あらまぁ、うちの春子が強情はるので、大変申し訳ないです）

ワイハー？　ハワイの業界用語か？　と富さんは先ほどから田助が口にする言葉が気になっていた。

まだそれを理解しないうちに、今度は梅が田助に同調するように、口を開く。

「ほんのこっなぁ、こげぇないなかもんが、京都ぃ行って舞妓さんになるっちいうから、ひったまげもしたが」

（共通語訳⇓本当に、こんな田舎の子が京都に行って、舞妓さんになるって言うから驚きましたよ）

待ちきれず、春子も頭を床にすりつけんばかりにお辞儀した。

「たのもんで。あたいも舞妓になるごたぁ」

（共通語訳⇓お願いします。私も舞妓になりたいんです）

何度も頼み込もうとするのを、富さんは「わかったわかった」となだめるように止めた。そうでもしなければ、「うん」と言うまで、いつまでもにじり寄って頼み込まれそうだった。

「たのもんで。あたいも舞妓になるごたぁ」

声はそこで切れた。

＊

「すんまへん。あまりに寒かったんか、バッテリーが切れてしもて」

富さんは、自分が津軽に行ってICレコーダーで録音してきた西郷家の人々の会話を京野に聞かせてくれた。女将さんの意思がどうのという前に、春子の訛りがどれほどのものか確認する必要があった。

ここは京大学にある京野の言語学研究室だ。吹き抜けになっていて、中階段で二階へと上がれるおしゃれな洋風建築のこの部屋には、あらゆる種類の言語学の本が所狭しと並べられ、資料が乱雑に積み重ねられている。

京野は富さんをはじめ、百春、パソコンの操作など助手をしてくれる大学院生の西野秋平らに声をかけ、皆に集まってもらった。

「いやいやいや充分です。これだけ聞かせてもらえたら。素晴らしいやないですか。

鹿児島弁のネイティブ・スピーカーと津軽弁のネイティブ・スピーカーに育てられはった子ぉが、こないに話さはるとはな〜」

京野は研究対象としてとても珍しいものを見つけたとでもいうように、満足げに何度も何度も頷いた。明らかにほかの三人とはテンションのあがり方が違う。けれど、これが興奮せずにいられるだろうか。

京野が示すパソコン画面の上段には、ギザギザとした険しい山のようなラインがあり、下段には、なめらかで大きな曲線が表示されている。

「ちょっと見てください。下が京ことばの標準的な波形です。正しい京ことばを話さはったらなめらかな曲線になるようセッティングしてあります。こうギザギザになったり、曲線でも小刻みな山になったりするのは、まったく違う言語やゆうことです」

京野に促され、富さんと百春がパソコン画面を覗き込む。

上段はICレコーダーから聞こえてくる春子の話し言葉を分析したものらしい。小刻みな鋭角で、下段の曲線とは対照的だ。

それを見た富さんは「ほんまに、いけますやろか」と怪訝そうな顔をしている。その機械が言語学習に有効なのはわかるが、それよりも実際に富さんは春子と、その祖父母と話をしているので、京ことばと大きく違うのを実感としてわかっている。しかし、京野には根拠はないけれど自信があった。

「いけますいけます」

そう頷いてから、「いや、いかんといかん」と自分に言い聞かせるように言った。

「富さんかて、新しい舞妓さんがおらへんかったら、商売あがったりでっしゃろ。それに、こんなええサンプルはない。私の手ぇであの子に京ことばをマスターさせてみせます。半年あれば大丈夫です」

ようやく獲物を見つけた肉食動物のような目で、握りこぶしを振り上げ、選挙演説をするかのごとく、京野は笑顔で力強く頷いた。久々に爽やかに決めてやったぜぐらいに思っていたのに、百春や富さんの疑り深い視線が突き刺さる。

「ほんまどすか。うちの襟替えがかかってんのどっせ。もっと確実な子ぉ探したほうがええ気がしてきましたわ」

早く芸妓になりたい一心で、百春はできれば、何も問題のない、早く舞妓になれる子を探したほうがいいと焦りを見せた。

その雰囲気を感じとった京野は、千春を説得するためにはまず、百春を味方にせねばと力説した。

「ブログ禁止で次の子ぉが見つかるかどうかもわからへんやろ。不可能を可能にする。それこそが偉大な挑戦や」

とはいえ、偉大な挑戦をしかけ、メリットがあるのは実は京野自身だ。

「なんやたいそうなことになってしもうたわ。それにしても、どんなおうちの子ぉどすか？」

百春が富さんに尋ねた。

春子の育ちと、本当に舞妓になりたいのか、両親がそれを認めているのかという基本的な覚悟を訊いてきてもらうために、わざわざ富さんに津軽まで足を運んでもらったのだ。京都生まれ京都育ちの百春にとっても、そこが一番気になるところだった。

「へえ。この娘はんが小さい時にご両親が交通事故で亡くならはって、父方のお祖父さんとお祖母さんが引き取らはったそうどす。お祖父さんが津軽の方で、お祖母さんのご実家の鹿児島に婿養子に入らはって、そんでまあ、今は、訳あって津軽に」

富さんの説明に、京野は「どんな訳です？」と身を乗り出した。

「わからしまへん」

富さんは首を振った。

実際は、いろいろ話してきたのだろうけど、おおよそ理解できなかったというのが本当のところだろう。

「……まあ、ええですわ。で、いつ来るんです？」

「いつ来るて……。『いっぺん戻って、屋形の女将さんに相談します』ゆうてきたさかいに」

富さんは、寒い中とりあえず津軽まで行ったのだから堪忍してくれといわんばかりに、すっとんきょうな顔で説明した。

「いや、相談せんといてください。相談したらパーです。なあ、百春」

京野はとりつく島もない状態だった千春を思い出し、同意を求めた。京野としてはなんとしても百春を味方につけたかったし、何より、段取りを踏むのではなく強行突破して既成事実を作り、周りから固めてしまいたかったのだ。

「そうどすけど……」

「すぐ呼びましょう、ね、富さん」

不安そうな顔をしながらも百春が少しこちらになびいてきたことを実感すると、京野は次に富さんを説得にかかった。祖父の代から男衆である富さんが後押ししてくれれば、千春も考えを改めてくれるかもしれないと思ったからだった。

＊

京都に春がやってきた。

あちこちで桜が咲き乱れ、華やかさを増している。観光客も一段と増えた。桜のトンネルを歩く人々の顔は明るく、幸せなオーラをまとっているものだ。

下八軒でも、舞妓や芸妓たちは桜の花柄の着物や、春らしいパステル調の着物を着ている。

京都の街と下八軒の架け橋である八軒新橋を、片手に風呂敷、片手にスーツケースを引きずった富さんが渡っている。その後ろを、カーディガンに丸衿《まるえり》のブラウスとスカート姿、相変わらずのリュックを背負った春子は、祖父の田助、祖母の梅とともについていく。今日のスカートはせっかくの門出だからと、梅が手作りしてくれたものだった。

二か月ほど前の夜、不安ながら一人で訪れた時とは、景色がまるで違い、華やかで希望に満ちあふれて見えた。ここで頑張って、いろいろなことを身につければ舞妓さんになれる——そんな気持ちが春子を奮い立たせ、知らず知らずのうちに笑顔になるのがわかる。

お茶屋・万寿楽の玄関にはきれいに水が打たれ、町家の風情にあふれていた。

万寿楽の帳場に通される。

今日は祖父母も一緒だし、わざわざ迎えにきてもらっているのだから、あっさり断られることはないだろう。部屋には千春のほかに、以前ここを訪ねた時にこたつに座っていたスーツの人——京野という京大学の言語学者のセンセらしい——がいる。この人がどういう立場なのか、どのように接するべきなのか、春子は測りかねていた。

春子と田助、梅が並んで、千春と対面する形になる。京野は春子たちの後ろに座ってくれている。ということは、こちら側の意見を後押ししてくれるのだろう。全然しゃべったこともないのに、京野が後ろにいることで少しだけ安心できるような気がしていた。

「このたびあぁ、しじめんどくせえごどきいてもらて、ありがとうごす。実はさ、このわらすのおがも、まいごってすんだがげいごってすんだがで、びっきのわらすーびっきてすんだが……」

（共通語訳⇓このたびは、無理なお願いを聞いていただき、ありがとうございました。実は、この子の母親も、舞妓というのか芸妓というのかでして……カエルの子はカエルといいますか……）

春子がチラリと京野を振り返ると、祖父の田助が話しだしたとたん、彼は怪訝そうな表情になり、目を見開いた。何かまずいことでも言ったのだろうか、田助はそんな京野に気づかず、話し続けている。

「いのあにゃ……このわらすのおどーだけんど、なすてだがきょうとでこれのおがといぎあってさ、まあ、そのどぎゃまだおがあでねぇけんど、べろっときれがたおなごと鹿児島さへできたのさ。そいでこのわらすもったんず、ちゃべこたうち死んでまたのよ。このわらすおがの舞妓のみっぱの写真こみて、夢みてらんたのせぇ」

（共通語訳⇓息子が……この子の父親ですが、どうしたわけか京都でこれの母親と知り合って、まあ、そん時はまだ母親ではないですけど、いきなりきれいな女の人を鹿児島に連れてきたんです。それでこの子が生まれたんですが、小さい時に亡くなってしまったんです。この子は母親の舞妓姿の写真を見て憧れたようです)

春子は、今度はちらりと千春や富さんの表情を盗み見た。二人とも相変わらず、ポカンとしている。田助が話していることはまずいことなのだろうか。このまましゃべり続けていたら、舞妓の修業をさせてもらえないのではないかと、助けを求めるように再び京野を振り返ると、彼は明らかに驚きの表情のまま、田助の後ろ姿を見つめていた。

「こんむすめん夢がかのご、よろしゅうたのんみゃげもんで」

(共通語訳⇓この子の夢が叶いますように、よろしくお願いいたします)

周囲の微妙な雰囲気に気づかないまま梅が、田助とともに深々と頭を下げたので、春子も慌てて向き直り、一緒に頭を下げた。

この時、千春が困ったような顔で、もともと穏やかに見える眉をさらに八の字にして、どうするべきか測りかねていることには、誰も気づいていなかった。

けれど、しばらくして、千春は「お預かりしまひょ」と首を縦に振った。

しかし、何を言っているかはわからなくても、春子一人でここを訪ねてきたことに加え、祖父母がわざわざ津軽から出てきて、「お願いしたい」と頭を下げたということが千春の気持ちを後押ししたらしい。本当だったら、両親にどんなふうに子どもを育ててきたのかなどを訊きながら、そして、舞妓になるための修業がどれほど辛《つら》いかを話して、それなりの覚悟があるかどうかを何度も確認しなければならない。今回に関しては、京野を通してなんとなく訳してもらうしかできなかったのだが、とにかく彼女の決意が固いことだけは伝わったらしい。

さらに、京野が後見人になると申し出てくれたおかげで、舞妓になる前の修業期間である仕込みさんとして、万寿楽に置いてもらえることになった。大学の先生のような偉い人とは今まで関わりがなかったし、今回だって、ほとんど言葉を交わさなかったけれど、春子は京野に深く感謝をしていた。

夕方の八軒小路は夕焼け色に染まっていた。

その深いオレンジ色はどこか懐かしく、それでいて、きっぱりとした決意を包み込んでくれるような感じがする。まだ数回しか見ていないけれど、八軒小路も、華川に架かった八軒新橋も様々な表情になる。もしかしたら、見る人のその時の感情によって、様相が変わって見えるのかもしれなかった。

春子は祖父の田助と祖母の梅を見送りに八軒新橋のたもとまでやってきた。もう自分はこちら側の人間だ。一人前になるまでは、この橋を渡るまい、いや、渡ってはいけないと心に決めている。津軽の家を出る時もそうだったが、先ほども祖父母に「きちんと夢を実現するから」と言い切ったのだ。

春子は、何度も何度も振り返っては頭を下げる田助と梅に、「ありがとう。今までお世話になりました」の思いを込めて手を振った。

「お母ちゃんは、どこの町の舞妓やったかわからへんのか」

声に振り向くと、京野が立っていた。

さっき怪訝ながらも驚いた表情をしていたのは、やっぱりこのことだったのかと思う。顔をあまり覚えていない母親と同じように舞妓になりたいというのは本心だったけれど、田助がまず初めにそのことを切り出すとは思ってもみず、春子自身も驚いたのだった。

「んにゃぁ、しっちょらんどん。たったいちめぇば、おがぁの舞妓のみっぽの写真こあって、裏さ【一春、見世出し】とあったきゃー」

（共通語訳⇓いえ、知らないんですけどたった一枚だけ、お母ちゃんの舞妓姿の写真があって、裏に【一春　見世出し】と書いてありました）

春子はずっと、家にあったあの写真の母親の舞妓姿がどうにも忘れられなかった。そのたった一枚の写真に憧れて、京都までやってきたのだ。しかし、それを告げると、京野は今日一番の驚きの顔になり、表情には焦りまで見てとれた。

「一春？　それホンマか？」

春子は京野の表情の変化に気圧《けお》されながら、曖昧《あいまい》に頷いた。

「……ええか、お母ちゃんが舞妓やったなんて、誰にもしゃべったらあかん。二人だけの秘密や。もしバレたら、舞妓になれへんかもしれん」

バレたら舞妓になれない――そう言われて春子は急に不安になった。だって、さっきすでに田助が皆の前で話してしまったのだから。

「じゃっどんから、さっき、じいちゃんがおかみさんにゆいちょいやした」

（共通語訳⇓でも、さっき、じいちゃんが女将さんに言ってしまいましたけど）

女将さんだけではない。富さんや皆の前でも言ってしまったではないか。

「何話してたか、だーれもわかってへん。ええか、内緒や」

念を押され、春子は訳がわからないながら、神妙な顔で頷いた。


千春は小さな部屋を春子のために用意してくれていた。

そこに少しばかりの荷物を置くと、仕込みとしての生活がスタートした。今日からこの家に住み、働き、舞妓のデビューへの道を作り上げていくのだ。

さっそく千春から「仕込みとしての心得」のようなものを教わる。

まず、〝仕込みさん〟は、朝、舞妓さんや芸妓さんよりも早く起きなければならない。舞妓さんや芸妓さんたちはご飯を食べる時に、タオルやストローを使うので、その準備、朝食の手伝い。それから置屋の掃除などの家事をしたら、舞をお師匠さんに習いに行く。夕方は男衆さんが舞妓さんや芸妓さんの着付けにやってきたら、手伝いをしなければならない。覚えなければいけないこと、やらなければいけないことはざっと聞いただけでも山ほどある。

しかし何よりも「気配りができるようになること」が一番大事で、それがお座敷に上がった時に役立つのだという。

春子は言われたことを一つ一つメモし、頭に叩き込みながら、自分の中で反芻《はんすう》し、確認していった。実践はこれからだ。とにかくやるしかない。


今日は芸妓の里春も舞妓の百春もお座敷に出ていた。万寿楽でのお座敷ではなかったから、おねえさん方が帰ってくるまで、それほど忙しいわけではなく、夕食も少しだけゆっくりとれた。それに、細々《こまごま》とした仕事をしている千春にくっついて回っていたから、少しだけ雰囲気に慣れることもできた。

「ただいまぁ、おかあちゃん」

「ただいまぁ、ねえさん。泊めとくれやす」

夜もかなり遅くなった頃、お座敷を終え、酔っぱらった里春と百春が帰ってきた。声に気づいた春子は慌てて玄関まで出迎えに走っていったのだけれど、この二人に対してどんなことをして、どんな手伝いをすればいいのかわからず、とりあえず、かぼそい声で「おかえり……」と言いかけた。

「やす」

百春に言われ、「え？」と訊き返す。

「おかえりやす、里春さんねえさん。おかえりやす、百春さんねえさん」

呂律の回らない口調ながら百春が言い方を教えてくれる。おかえりには「やす」をつけるのかとそこで初めて知った。

その時、「ねえさん」という言葉に反応したのか、目も開けられないほどだった里春がクッと顔を上げ、春子の顔を覗き込んだ。

「あんたさん、誰?」

誰と訊かれても……と返事に困っていると、代わりに百春が説明してくれる。

「いややわぁ、ねえさん。さっき紹介しましたやんか。今度、仕込みさんにならはった春子ちゃんどす」

春子は何も言えずに頭だけちょこんと下げたため、結局、「おかえりやす」とは言い直せないままだった。

「そうか。なんや初めて逢《お》うた気ぃせえへんなぁ」

里春は、春子の顔を見ながら、ペチペチとほっぺたを触る。その手は優しく、温かかった。

「そやから、さっき紹介したゆうてますやんか」

「さよかぁ……ああ飲みすぎや」

　こういう場合はどうしたらいいのだろうと春子がおろおろしていると、二人はそんな春子のことなどそっちのけで立ち上がり、よろけながらも重い着物を引きずりながら、支度部屋まで自力で歩いていった。

　騒ぎに気づいたのか、千春が奥から現れた。

「ねえさん、泊めとくれやす」

「ただいまぁ」

　里春と百春が口々に言う。

「なんや二人とも。春子、着物脱がすのてっとうて」

　千春に言われて、ようやくやるべきことを見つけた春子は、「はい」と小走りになり、千春たちの後を追った。

　憧れていた支度部屋は、最も緊張する場所の一つであった。ここは、舞妓さんや芸妓さんだけが入ることを許される変身の場所であり、そんなおねえさん方のオーラが漂っている気がする。実は先ほども、「ここが支度部屋や」と千春に案内してもらったのだが、ちょっと覗いただけでドキドキしてしまい、足を踏み入れることはできなかった。

今も、千春がシュッシュッと音を立てながら、手際よく、百春の着ていた白地に花柄の着物を畳んでいる。その凛とした音と千春の手の動きを見ているだけで、緊張が高まり、胸の鼓動を感じるのだった。

「これを伸ばして……これでええのや。着物も畳めるようにならんとな。ほな、やってうみ……裾からな」

春子は緊張した面持ちで頷きながら、千春が広げた里春の真紅の着物の裾を手にとった。初めて手にした着物は柔らかくしなやかで、貴い感じがする。見よう見まねで春子も着物を畳んでいく。

「こう折って、そっち折って……おねえさんの帰らはるのを待って、お片付けして、おねえさんがお風呂から上がらはったら、あんたも入って、おやすみや。朝は一番に起きんのえ」

まるで、昔話に出てくる住み込みの奉公人のようだと思いながらも、これらはすべて舞妓になるための修業だと、春子は決意の表情で頷いた。

次の朝、早く起きなければと思えば思うほど、緊張してあまり寝られず、夜中に何度も目が覚めてしまった。だから、目覚ましをかけた八時よりもだいぶ前に起きてしまい、目覚まし時計が鳴る前にそれを止めた。

しんとした朝のお茶屋は、お座敷を行う夜とも、すべて片付けたあとのふわふわとした空気とも違う、背筋がすっと伸びるような、それでいて夢心地のような感覚があった。当然、一番に起きたはずだろうと思い、とりあえず髪を後ろで一つに結び、動きやすい服を着て、離れのドアを開けて部屋に入っていくと、すでに千春が起きて働いていた。

「おはようさん」

「おはよう、さん」

　昨日もそうだったけれど、どんなふうに返したらいいのかがわからないから、探り探り京都っぽい言葉を使ってみる。だから、逆にたどたどしくなってしまう。着物姿でなく、セーターにズボンというカジュアルな千春と接することにも、まだあまり慣れておらず、それも緊張を増大させる原因となっていた。

「おはようさんどす」

やはり千春に直された。目上の人には、語尾に「やす」とか「どす」とかをつけなければならないらしいと学ぶ。

「おはよう、さん、どす」

それでも流暢《りゅうちょう》な京ことばにはまるで程遠かったけれど、千春は「そうそう」というように頷いてくれた。


掃除の基本はトイレである、らしい。

「最初にせなあかんのは、おトイレの掃除。みんなが気持ちよう使えるように、いつもきれいにしとかんとあかんのえ」

そう言って千春がトイレの戸を開けた。そのとたん、パリッと音がしそうなほど、ピンと空気が張ったように感じた。ちょっと覗いてみただけでも、掃除前だとは思えないほどきれいなのだ。

「今日からおトイレの掃除は、仕込みさんになったあんたの仕事え」

確認するように、千春は一つ一つ春子の目を見て言う。春子は再びコクリと頷いた。

「ちゃんと返事せなあきまへん」

「は……はい」

春子は小さな声で答えた。千春の優美で柔らかい京ことばを聞くと、春子は自分が声を出すのさえ恥ずかしいと思ってしまうのだ。

「『はい』やのうて、『へえ』や」

「はい。あ……」

反射的に「はい」と言ってしまい、慌てて顔を上げる。

と、千春は「へ・え」と一字一字ハッキリと言い聞かせるように春子の顔を見た。

その発音に圧倒されて、つい、また声を出さないままコクリと頷いてしまう。

「『はい』は『へえ』や」

「はい。……あ」

つまり、「へえ」は「イエス」の意味なのだと頭ではわかっている。しかし、念を押されると、つい、クセで「はい」と答えてしまう。

「へえ!」

千春に呆れ顔で言われ、つい、「すんもはん」と頭を下げる。が、春子の「すんもはん」は伝わらなかったらしい。

「それ、謝ってんのかいな。そやったら、『すんまへん』」

「え?」

「『ごめんなさい』は、『すんまへん』」

「はい。あ、へえ」

春子は慌てて、「へえ」と言い直したが、千春に「『あへえ』やあらへん」と、再び呆れた口調で言われてしまった。発音の問題だけでなく、意味すら理解できない言葉が、まだまだたくさんある。千春のような、なめらかな京ことばを使えるようになるのはいつのことだろうと、それを考えるだけで、春子は気が遠くなりそうだった。


部屋の中の掃除が終わったら、次は玄関の表を掃除しなければならない。なんといっても、玄関はお茶屋の顔になる。

風で舞ってしまうゴミと、掃いても掃いても落ちてきてしまう桜の花びらと格闘する。京都の花街の雰囲気にどっぷりつかりながら掃除をしていると、通りかかった先輩芸妓の鶴一が足を止めた。もう芸妓歴五十年以上という大ベテランで、いってみれば千春よりもおねえさん――いわゆる、「大きいねえさん」だ。

万寿楽に仕込みさんが入ったと聞きつけてきたのか、下八軒のことならなんでも知っているのか親しげに話しかけてくれた。

「おはようさん。ようお気張り」

「……おはようさん……どす」

覚えたばかりの挨拶をおどおどしながらも、口に出してみる。

「好きな数字、思い浮かべとおみ」

春子の微妙な挨拶には頓着せず、鶴一は突然、いたずらっこのような表情で、春子の顔を覗き込んだ。

「え？」

「好きな数字、思い浮かべたらええ」

「はい、あ、へえ」

とりあえず、言い直してみる。が、千春のように「『あへえ』やあらへん」とは言わず、鶴一は柔らかな笑顔で続けた。

「思った数字に一足して、それに二かけて、四足して、二で割って、最初に思ぅた数字、引いとおみ」

　春子は一つ一つ頷きながら、計算をしていく。

「三になったやろ」

「え？　なんで？」

　春子が驚きで相好《そうごう》をくずすと、「でしょう？」とばかりに鶴一はニッコリ微笑んだ。

「お気張りやす。あ、それとな、仕込みさんやろ。逢うた人には挨拶せんとな。昔はな、電信棒にも挨拶せえ、言われたもんや。ここらへんには電信棒、のうなってしもうたけど。『おおきに、大きいねえさん、おはようさんどす』という具合や」

　春子が「へえ」とも言えず、心の中で「はぁ」と曖昧ながら返事をしようとしている間に、鶴一はすたすたと歩いていってしまった。


　掃除を終えたら、次はねえさんを起こさなくてはならない。昨日の夜はお座敷で遅くなり、酔って帰ってきたから、さぞ疲れていることだろう。存分に寝かせてあげたいと起こすのははばかられたけれど、舞の稽古の時間もある。

「百春さんねえさん。起きてください」

教えられたとおり、廊下に膝をつき、一応、戸を開ける前に声をかける。しかし、すでに起きているはずはないし、この程度の声で起きる百春ではない。

襖をそっと開けると、百春は凄《すさ》まじい寝相で、敷布団から大きくはみ出していた。ただ、かろうじて頭だけは箱枕の上に乗っている。舞妓さんは髷《まげ》をくずさないように横向きに寝るものだとは聞いていたけれど、こんな体勢で寝ているのに無意識に枕に頭を乗せ、舞妓の髪型を保っているのはすごいと思う。

春子がカーテンを開け、朝の陽の光を入れ込んでも、百春は微動だにしなかった。

「起きてくいやい。時間ですがよ」

言いながら、肩に手をかけゆすると、百春はゆるゆると目を開けた。

「誰?」

「春子です」

「春子どす」

寝ぼけているかと思ったら、言葉だけはきちっと直された。

「……すんまへん。春子、どす」

言い直すと、百春は春子の言葉づかいに納得したらしく、「よしよし」とばかりに、また目をつぶってしまった。

「百春さんねえさん！　百春さんねえさん！」

ここで二度寝を許してしまったら、稽古に遅れてしまう——春子は必死に起こさなければならなかった。


ようやく百春が目覚めるのを確認して、春子は炊事場へ向かった。

今から朝食である。

準備を終え、ご飯とお味噌汁、お漬物を千春、百春と一緒に食べていると、タイトスカートを穿いた里春が出てきた。通常は一人暮らしをしているが、昨日の帰りが遅かったため、万寿楽に泊まったのだ。

「うちの着物、あとで富さんにとりに来てもろて、うちまで届けてもらうわな」

「そうか。そやったら春子も一緒に行かせるわな。あんたのマンション、この子も知っといたほうがええもんな」

千春の提案に、里春が「うん」と頷いた。

「おはようさんどす、ねえさん」

タイミングを見つけた百春がようやく里春に挨拶すると、里春も「おはようさんどす」と答えた。春子もお茶碗を持ちながら、里春に頭を下げる。本当は「おはようさんどす」と言わなければいけないのだろうけれど、ご飯が口に入っていて、何も言えなかった。

と、春子が漬物をよけながら食べているのを、千春がめざとく見つけた。

「なんえ、お漬けもん嫌いか？　ご飯だけ食べて」

春子はバツが悪そうに、肩をすくめて頷いた。津軽の祖母・梅は、畑で穫れたものを料理するだけでなく、様々なものを自分で作る人だったので、よくぬかづけも作っていた。けれど、あのきゅっとくるような匂いと舌にピリッとくる感じが苦手で、なぜ、みんながおいしいおいしいと好むのかわからない。何度かチャレンジもしてみたが、次第に漬物は最初からよけるようになってしまっていた。

そんな春子を里春が見つめていることには、春子は気づいていなかった。

百春や里春が稽古に出かけてしまうと、春子は富さんに連れられて、里春のマンションに向かった。春子にとってはまぶしいくらいの憧れのねえさんがどんなところに住んでいるのか想像もつかなかったが、思ったほどゴージャスではなく、普通より少しだけ素敵なマンションに住んでいた。あまりに手の届かない存在というわけではなく、ちょっとホッとした。

里春の部屋の玄関の前に立つと、富さんが「ちょっとええか？」と持っていた風呂敷を春子に渡した。

「〝男衆〟ゆうんはな、ただ芸妓や舞妓に着付けるだけが仕事とちゃうんや。見てみい、芸妓さんの家の鍵や」

富さんは、春子の目の前に何本もの鍵の束を掲げて見せた。まるで鍵屋さんのようだ。田舎では、鍵はあってないようなものだったから、春子は一度にこれだけの鍵の束を見たことがないし、そもそも鍵をかけない。でも男衆さんは今日のように、芸妓さんが留守の時でも部屋に入って用事をすまさなければならない。それほど信用されているということなのだ。

しかも、富さんはキーホルダーの束をさらりと触って、その中から一つ選び出した。

「これが里春さんのうちの鍵や。触っただけでわからんとな」

半信半疑のまま見ていると、富さんはその一本を鍵穴に差し込み、開錠した。カチッと音がして本当に開いたことがわかった春子が目を丸くすると、富さんはすごいだろとばかりにニヤリと笑った。

里春の部屋の中は天井が高く、洋風だった。数々の桐の箪笥が置かれ、部屋のいたるところにあでやかな着物や、豪華な着物を着た日本人形が飾られている。その部分は春子の想像どおりだったし、いずれこういうところに住みたいという理想の部屋ともいえた。
ただ、想像と違ったのは、クリーニングに出すものなのか、洗濯を待っているものなのか、すでに着たであろう洋服がいたるところに投げ置かれているところだった。富さんは顔色一つ変えず、それを一つ一つ袋に入れながら、まとめていく。春子もそれに倣った。

富さんの家は、祖父の代から男衆の仕事をしているという。小さい頃から、祖父や父親について仕事を見ているから、「あそこの息子なら安心」だと、着物を着付けるだけでなく、身のまわりの世話をすべて任されるのだ。
「それだけに、男衆いうんはな、舞妓や芸妓との恋はご法度なんや。思いを寄せれば寄せるほど地獄や」

春子も本で読んだことがある。

昔は水揚げや旦那さん探しというのも当然あったから、舞妓さんや芸妓さんがお客さんと仲良くなったり、恋をしたりするのを男衆さんは目《ま》の当たりにする。だから、もし本気で舞妓さんや芸妓さんに恋をしてしまっても、そこから逃げるわけにもいかず、叶わぬ恋に苦しむことになってしまうのだ。

「……里春さんは人気芸妓やしな」

富さんのつぶやきにため息が混じっていた気がして、春子はハッと振り返る。けれど、春子に表情を見られないようにしたのか、富さんは「空気、入れ替えよ」とリビングの窓をガラリと音を立てて開けた。窓の外はルーフ・ガーデンというのか、開放感のあるバルコニーになっていた。いくつもの観葉植物が飾られ、テレビや雑誌で見るようなおしゃれな空間が広がっている。

「べべ、畳んでみよし」

富さんが指を差した里春の着物を春子は畳み始めた。まだうまく畳めるわけではないけれど、千春から丁寧に教わったので、時間をかければできるにはできる。

チラチラと富さんの様子を窺《うかが》っていると、富さんは里春に思いを寄せているんだろうなとわかるし、それでも、もらっている信頼を裏切らないために男衆の仕事をきっちりやり遂げているのだろうと、何も知らない春子でもそう思えた。

「あんたが、舞妓さんにならはったら、あてが面倒見る。芸妓さんにならはっても、あてが面倒見る。そやから、あんたの面倒はずっとあてが見る」

富さんが真面目な顔で言うので、春子も神妙に頷いた。

でも、舞妓さんになったら、ではない。もうすでに面倒を見てもらっている。誰だかわからない自分を、わざわざ津軽まで訪ねてきてくれた。祖父の田助と祖母の梅と一緒に京都にやってきた時も、迎えに来てくれた。父親の顔は写真でしか覚えていないし、父親というのがどういうものかわからないけれど、お父さんってこんな感じなのかなと春子は思っていた。

＊

いよいよ京野メソッドを試す時がやってきたと、京野は興奮をおさえながら、準備を万全にして春子を出迎えた。

今日から本格的に春子の「京ことば」の勉強が始まる。春子が舞妓になるためには、身のまわりの細々としたしきたりや仕事、舞や鳴り物などの稽古以上に言葉の勉強をするのが重要なことだった。千春や若様にも、京ことばをマスターさせてみせると言い切ったこともあり、その責任は重大だ。

初めて大学というところに足を踏み入れたであろう春子は、机のほとんどに本が積み重なっている京野の言語学研究室の中を物珍しそうに眺めつつ、京野の前にちょこんと座った。吹き抜けになっていて、らせん状の中階段で二階に上がることができ、その部分が踊り場のようになっている洋風建築など見たことがないに違いない。春子は、今まで自分が育った環境との違いだけでなく、花街のそれとも違う雰囲気に少し圧倒されているようだった。

京野は黒板に縦書きで「京野法嗣」と書いたあと、その隣に「京野メソッド　花街ことば編」と並べた。

「名前は〝きょうののりつぐ〟。今日から私の作った京野メソッド花街ことば編で、京ことばを覚えてもらいます。よろしゅうおたのもうします」

丁寧に挨拶をすると、春子は肩をすくめるように、小さくお辞儀をした。

その時、ノックの音がした。

「どうぞ」

ドアが開き、「遅くなりました」と入ってきたのは西野秋平だ。彼の研究の内容が京都弁であったことと、パソコンを使ってプログラミングなど様々な作業ができ、京野メソッドに興味を持ってくれているという理由で声をかけた。すると、彼のほうも鹿児島弁と津軽弁をしゃべる春子が本当に京ことばをしゃべれるようになるのか、できることならしゃべれるようになるまで手伝いたいと言ってくれた。そんな本人の希望もあって、今回の助手を正式に頼むことにした。

「ご苦労さん。こちらが、西郷春子さんや。彼は、私たちのお手伝いをしてくれる大学院生の西野秋平くん」

京野が紹介すると、秋平は春子と目も合わさずに、小さな声で「こんにちは」と言った。そしてらせん階段で二階へ上がっていくと、さっそくレッスンの準備に入った。

それを見届けると、京野はさっそく京ことばの授業を始めた。

言葉というのは反復すればするほど覚えるものだと思う。中学の英語の授業で「リピート　アフター　ミー」と教師が言った単語の発音を生徒が繰り返すというアレだ。しかし、その発音が正しくないと、悲しいかな、生徒はアクセントや発音が曖昧なまま覚えてしまう。それだけはあってはならない。

「舞妓には、必須三単語ちゅうのがあんにゃ。これさえ言えたら、お座敷を乗り切れる。『おおきに』」

京野は口を大きくハッキリと開け、「おおきに」と声を張り上げた。「き」の部分にアクセントをつけ、鼻から抜けるように言う。「繰り返して」と言わなくても、春子は京野の言葉を真似た。

「おおきに」

春子は京野の発音を繰り返しているつもりなのだろうが、どうしても、「き」の部分ではなく、最初の「お」の部分が強くなり、たとえば「おおかみ」というのと同じアクセントになってしまっている。

「すんまへん」

「すんまへん」

「おたのもうします」

「おたの……もうします」

「自信持って、声にして」

京野が促すと、春子は小さく頷いた。

聞くこともちろん大事だが、自分で声に出してみなければ始まらない。英語も聞いて、しゃべって、会話の中に生かしていけば上達する。日本語だって理論は同じなのだ。

「おおきに」

「おおきに」

「すんまへん」

「すんまへん」

「おたのもうします」

「おたのもうします」

二回目になると少し声は出てきたが、春子の発音とアクセントの場所はほとんどさっきと変わらない。

しかし、これは想定内のことだ。言葉の意味は理解している。けれど、よほど耳のいい人でなければ、すぐに聞いたままの発音で繰り返すことなどできない。

そこで登場するのが京野メソッドだ。

言葉の一つ一つの文字を五線譜にあてはめ、メロディラインに乗せる。京ことばは歌にすることでリズムと音程がとりやすくなるはずなのだ。歌うように話せば微妙なニュアンスをも感じられるという方法をとり、それが一致すると、パソコン画面の波形もなだらかな曲線を描いていくというシステムを作った。

♪

おおきに　すんまへん　おたのもうします
誰が言うたか　舞妓必須三単語!
いつでもどこでもどなたはんにも
まずは挨拶　すぐに挨拶　いっつも挨拶!

おはようさんどす

ええお天気どすな
京都の雨はたいがい盆地に降るんやろうか

へえ　そうどすか　わからしまへん
誰が言うたか　ふんわり丸い京ことば
やんわり　ふわふわ　ええもんえ

おぶ　ぼん　はよ　といなぁ　堪忍え
こない　そない　あない　どない
京都の雨はたいがい盆地に降るんやろか

京のことばが　都を作る
舞妓の命は　京ことば
京都の雨はたいがい盆地に降るんやろか

ともあれ、舞妓志望者は、まずは「おおきに。すんまへん。おたのもうします」を完璧にしなければならない。

いつから始まったのか、誰が言ったかわからないが、この三つの言葉を花街では「舞妓必須三単語」というらしい。とにかく、いつでもどこでも誰に対しても、この三つの挨拶が使えれば舞妓の会話は成立する。だから、京野メソッドの「花街ことば編」も、最初にこの三単語から入り、完璧になるまで繰り返すことにしている。

さらに、「おはようさんどす」「ええお天気どすな」「へぇ、そうどすか、わからしまへん」などの基本の言葉に加え、お茶の「おぶ」、男の子の「ぼん」、早くは「はよ」、遠いなあの「といなぁ」も歌に乗せてみる。それに合わせてわかりやすいように、身振り手振りで京ことばを表現した。

春子は同じように繰り返すけれど、全然言えていない。肝心の「こない」「そない」「あない」「どない」は特に難しく、語頭にアクセントがきてしまう。しかし、すべて語尾が上がるわけでもないからこそ、この五線譜に乗せた京野メソッドが利いてくるはずなのだ。

「京都の〜、雨は〜ぁ、たいがい盆地に降るんやろか〜」

歌ってみてから春子がどうするかという反応を待っていると、リズムやメロディに乗せるどころか、「京都の雨だば……たげだば盆地に降るんだべか」と聞き取りすらできなかったらしく、首を傾げた。

ただ、春子の表情はどんどん柔らかくなり、笑顔も覗かせるようになったので、もう一回繰り返してみる。

「京都の雨はたいがい盆地に降るんやろか」

「……京都の雨だば、たげだば盆地に降るんだべか……」

微妙に春子が首を傾げる。発音も言葉もさっきと何も変わっていなかった。

――前途多難。

京野は笑顔を見せて安心させようと思ったが、どうしても顔がこわばってしまうのを感じていた。

第三章

仕込みとして万寿楽で働くようになって数日が経ったある日。

朝食が終わったら支度部屋に来るよう、千春に呼ばれた。まもなく舞や鳴り物の稽古が始まるからと、普段から着慣れるように着物を用意してくれたのだ。

今までは祖父母に買ってもらった寒さをしのぐためだったり、汚れてもいいようにだったりする機能優先の服しか持っていなかったから、髪をおだんごにまとめ、グレー地に小花柄の着物に袖を通した時は、舞妓さんへの第一歩という気がして嬉しかった。

「今まで着物、着たことあるか？」

「ね」

しまった。油断すると、つい今まで使っていた言葉を使ってしまう。

「『ない』と言う時は『おへんどす』。いちいちうるさいかもしれへんけどな、センセのレッスンは教室でのレッスンや。言葉は生活の中でつこうて初めて生きるもんえ」

「おおきに。すんまへん。おたのもうします」

生活の中で、と言われてもどうしたらいいかわからず、とりあえず教わったばかりの三単語を脈絡もなく口に出してみると、千春がクスリと笑った。

「必須三単語かいな」

「へえ」

「……そうか、着物、着たことあらへんのか」

千春はふいに先ほどの話題に戻したかと思うと、手際よく着付けながら、「そうか……」と繰り返しつぶやいていた。

「お母ちゃんの着物があって、……おばあちゃんは成人式になったら仕立て直して……着せてくれはるて言うておりましたどす」

たどたどしく、それでもなんとか京ことばらしきものを使ってみた。最後に工夫を見せて「どす」もつけたのに、千春からは「『言うておりましたどす』やのうて、『ゆうてはりました』や」とやっぱり直されてしまった。

「そうか。亡くならはったお母ちゃんの着物か。そらええなぁ」

成人式まではまだまだ時間があるけれど、母親の着物を着られると考えただけで嬉しかったものだ。でも、今は母親と同じ舞妓になれるかもしれないと、そう思うだけで心が躍った。

最後にきゅっと赤い帯を締めてもらう。

「毎日、練習せなあかんえ。一人で着られるようにな」

「へえ」

また一つ覚えることが増えた。

足首あたりまでの長さがあり、締めるには相当力の必要な舞妓さんのだらりの帯や、芸妓さんの正式なお座敷用の着付けは富さんに手伝ってもらえる。けれど、お引き摺りでなければ、季節に合わせた着物で出なければならない。どちらかというと不器用な春子は、本当に自分があれもこれもできるようになるのだろうかと不安になった。

「……あんたのお母ちゃん、何してた人え」

思い出したように、とても自然に千春に訊かれた。

母親の舞妓姿を思い浮かべていたこともあって、うっかり「舞妓さん」と言いかけた時、ふと、京野に言われた言葉がよみがえった。理由はわからないけれど、とにかく自分の母親が、京都で「一春」という舞妓をしていたことを言ってしまったら、舞妓になれないかもしれないのだ。いや、ここを追い出されるかもしれないという危機感が春子をおそった。

「……ちっちゃかとき、死んでしもたで、わからん」

ようやく出てきた言葉はお国言葉だったが、千春は、ふと何かを思い出したように首を傾げただけで、なぜか言葉を直されることはなかった。そのうえ、母親のことはそれ以上、訊かれなかった。

それよりも春子は母親のことをうまく隠せたかどうかとドキドキして俯《うつむ》いてしまい、鏡ごしに見つめている千春の様子にも気づいていなかった。

初めての舞の稽古だということで、春子はいろいろな意味で緊張していた。

舞を覚えることも、舞妓になる大事な修業の一つであるが、日本舞踊など踊ったこともない。お師匠さんは厳しい人だと百春からも言われていたから、もし怒鳴られでもしたら、萎縮《いしゆく》して京ことばで話すことも忘れてしまいそうだ。

下八流宗家家元という古めかしく威厳のある看板が門柱に掲げられ、三味線の音が聞こえてくる日本家屋が稽古場である。今は里春や百春が稽古をしている時間だ。

舞のお師匠さんである千代美にお茶を淹《い》れた春子は、それをお盆に載せ、おぼつかない足取りでそろりそろりと板敷の廊下を進んでいた。着物も着なれていないうえに、足袋を履いた時の指の開き具合がもぞもぞして気持ち悪く歩きにくい。

おまけに戸を開ける時は膝をついて――と言われているのだが、まだまだ膝をついてから座るという姿勢をとるのも一苦労で、前につんのめってしまいそうになる。今日は失敗しないよう、先にお盆を床に置いてから戸を開け、それから再びお盆を持って立ち上がろうとした。しかし、それでもよろけそうになる。よほど、またお盆を床に置こうかとも思ったけれど、えいっと腹筋を使って立ち上がると、なんとか転ばずにすんだ。

音を立てないように、邪魔にならないように稽古場に入っていくと、芸妓さんたちが全員で踊る「総踊り」の稽古中らしく、その中には里春も百春も交じっていた。

「あんたらなんえ。なんで、おさらいしてんのかわからしまへんのか。お座敷で一人踊るのと違うえ。息合わせな。おいどもきぃつけて。もっと下げて！……百春！　なんべんゆうたらわかんのえ！」

千代美の前にそっと湯呑みを置こうとしていた春子はびくっとして、思わずお茶をこぼしそうになってしまった。しかし、当の百春は怒鳴られ慣れているのか、ぺろっと舌を出している。

「あほ！」

千代美は呆れていたが、百春をはじめ、ほかの芸妓たちは構う様子もなく踊り続けている。少し離れたところで正座をして見学をしていた春子は、色とりどりの着物が華やかだな、舞が上手だなとそればかり見とれていた。

やがて、ぴたっと音が止まり、舞の稽古の時間が終わったかと思うと、「おおきに、おっしょさん」「おおきに、おっしょさん、おおきに、ねえさん」「おおきに、おっしょさん、おおきに、ねえさん」と口々に挨拶が始まった。

稽古場がうわんうわんと鳴らんばかりの大合唱になるのに驚き、春子はつい芸妓さんたちのやり取りをポカンと見つめてしまった。一番の先輩芸妓はお師匠さんだけに挨拶をするのだが、後輩はすべての先輩一人一人に挨拶をしなければならないそうだ。だから、里春の挨拶は少なく、唯一の舞妓である百春は、その場にいる先輩芸妓全員に挨拶しなければならなかった。

「お疲れさんどした」

おねえさん方が去っていくのを確認すると、千代美は姿勢を正して座っていた春子のほうを初めて振り返った。

「ほな始めまひょか。あんたの番え。こっちきよし」

春子は、いきなり千代美に注目され、ドギマギして慌てて立ち上がろうとした。が、さっきからの正座で足が痺れてしまっていて、うまく歩けない。歩けないどころか立つことすらできず、ぶざまに畳に倒れ込んだ。

千代美の後ろで見守ってくれていた百春の口が「あちゃー」と動いたのが見えた。

里春は春子をちらりと見たが何も言わなかった。

焦れば焦るほど足がもつれ、なかなか起き上がれずにいると、さっそく千代美に怒鳴られた。

「なんや正座もできひんのかいな。お座敷はいっつも正座え。今日はそこに座っとおき。帰ってもええ言うまでや」

千代美は、立ち上がると稽古場を出ていってしまった。舞の稽古に来たのに、ただ正座させられるだけで、舞に関して何も教わることができなかった――。春子は着物を着て、ひたすらじっと座っているしかない自分が情けなくなった。

舞妓になるためには、舞のほかにも習うべきことがたくさんある。

今日は三味線などの鳴り物を習うために、八軒女紅場《にょこうば》学園に行った。

女紅場というのは、もともと明治初期に作られた、女子に裁縫や手芸、読み書き、算盤《そろばん》を教える場所だったが、花街でのそれは、歌舞練場に付属する芸事の専門学校で、舞妓さんや芸妓さんが舞や能楽、長唄、浄瑠璃《じょうるり》、三味線、茶道、華道などを学ぶ場所だ。

昔は一月七日の始業式に、舞台で日頃の練習や勉強の成果を少しずつ披露したらしい。何も習ったことがなく、どちらかというと不器用な春子は、そんなものがなくてよかったと心から思った。

今日はまず、三味線のお師匠さんにマンツーマンで稽古をしてもらった。一つ一つ、開放弦のあてかたを練習していく。

「いーや、ドン、トン、テン。テン、ドン、ドーン。はい、いーや、ドン、トン、テン。テン……ちゃうちゃう、テン、ドン、ドーン！」

三味線の師匠は、三味線の音をテンやトンで表現するが、春子にはそれがどうにも理解できない。低い音は顎を下げて「ドーン」と発音するのだが、それに合わせているると遅れてしまうし、自信がないだけに音程も悪くなって、結果、「ちゃうちゃう」と止められる。もちろんうっかり違う音を出してしまっても、「ちゃうちゃう」と言われて、もう一度、最初からやらなければならなくなる。

それは長唄教室でも同じだった。

「いーや」

「花見……」

師匠の「いーや！」の合図を聞き、一拍、いや半拍くらいの一瞬の間をあけてから歌いださなければならないのだけれど、「いーや！」のあとにすぐ「は〜」と入ってしまうので、「ちゃうちゃう、早い！」と歌いだしのタイミングを直されてしまう。

「いーや」

「花見……」

「なんべんゆうたらわかるんや！　いーや」

「は……」

「〝いーや！　は〜〟や」と何度言われても、いーや！　のあとに「花見」と入るタイミングがどうしてもわからない。

何度「ちゃうちゃう」と言われただろう。それでもピタッと正確に「は〜」と入ることは最後までできなかった。

「ちゃうちゃう」の連発は鳴り物教室のレッスンでも続いた。いつまで「ちゃうちゃう」が続くのだろうと考えただけで、最初から疲れてしまう。

「はい、じゃ構えて。う〜いやぁ、ター、ポン、ポン、スポポン。いやぁ、ター、ポン、ポン、スポポン、いやぁ、ター、ポン、ポン、スポ……」

師匠が右手を下ろすのに合わせて、鼓を打たなければならない。

ポン、ポンはまだわかるが、「スポポン」の休符の「ス」のタイミングがわからないから、「ポポン」を早く打ってしまうのだ。

「ちゃうちゃう、こっちは大皮《おおかわ》の手！　右手をよう見て」

大皮の手である左手に合わせてはいけないらしい。大皮の手という、そんな言葉すらもわからないのに、勘だけではうまくタイミングがとれるはずもない。

万事こんな調子で、本当についていけるのか、春子は不安になっていた。


今日の京ことばレッスンは夜だ。

京野も大学の授業があったし、春子も珍しく鼓のレッスンと重なったこともあって、夜になったのだ。

いつもどおり早起きをして、一とおりの家事をこなしてから出ずっぱり。稽古もあったうえに怒られ、丸一日、緊張しどおしだったので、体も心もぐったりしている。そのうえ、京ことばの練習など身が持たないかもしれないと思ったけれど、女紅場のお師匠さんたちと違い、京野はすぐに「ちゃうちゃう」と言わないし、そのほかでもあまり否定をされないので、その点、気持ちがとても楽だった。

しかし、気持ちが楽だからといってしゃべれるかどうかは別問題だ。春子が話している京ことばは、いまだに本物には程遠いらしい。

京野はヘッドフォンをして、秋平が操作するパソコンを真剣な顔で覗き込んでいた。

舞妓必須三単語をしゃべってみたあと、京野の横から春子もパソコン画面を覗き込む。

そこには、春子の京ことばの波形が出ていた。

「おおきに。すんまへん。おたのもうします」

春子が発するこの三単語は少しぶっきらぼうで、ぶつぶつ切ったように聞こえるし、
パソコン上の波形もまったくなめらかではない。

「百春さんのお手本をもう一度聞いてみよか」

どうしたら京野メソッドを有効に使えるか考えているのか、彼はずっと困ったような顔をしていて、春子には笑顔を向けた。

秋平がパソコンのキーを押すと、再び百春の声が聞こえてきた。

「おおきに〜。すんまへ〜ん。おたのもうします〜」

パソコン画面の波形は、春子と比べると、声も高く、大きさもなめらかさもまったく違っていた。しかも、このまま歌いだしてしまいそうなほど、楽しそうに聞こえる。

季節でいえば春。うららかな陽気の中を、蝶々がひらひらと飛んでいるようだった。

いくら百春が京ことばのネイティブとはいえ、同じ言葉で、同じ日本語なのに、こうも聞こえ方が違うものなのかと春子は打ちのめされた思いだった。

「わかるか？　もういっぺん」

京野に言われ、語尾を上げるように「おおきに。すんまへん。おたのもうします」と言ってみたが、発したそばから波形がくずれているのを目の当たりにし、春子は少し落ち込んだ。

「ちょっと休もか。甘いもんでも食べよか」

いつになったら百春のようにしゃべれるのだろうと不安に思いながらも、やっと一息つける——と春子は微笑んで頷いた。


今日の「甘いもん」は祇園のちご餅《もち》だった。白みそを甘く炊いたものを求肥《ぎゅうひ》で包んで氷餅をまぶし、竹串にさしたお菓子だ。甘いのにあっさりとしていて、キラキラとした氷餅を目にしただけでも心が躍る。春子は京都に来て初めてこのお菓子の存在を知ったのだけれど、初めて食べた時はこんなに素敵なお菓子があるのかと、その食べ終えた棒をしばらくとっておいたくらいの衝撃だった。

京野がおやつとして買ってきてくれるものは全部、京都らしくてセンスがよくておいしい。普段はそんなそぶりを見せないが、いろいろなことを知っている学者という職業はすごいのだろう。春子はさっそくちご餅を手にとると、キラキラと光にかざしてから、口を開けた。

「お座敷では、ノーはないんや。ノーとは言わんと、『おおきに』」

食べようとした瞬間、声をかけられた。けれど、意味がわからない。おあずけをくったまま、首を傾げて話を聞く。

「たとえばな、お客さんに、ご飯食べに誘われるとするやろ。あ、ご飯食べ、わかるか？」

ご飯食べというのはきっと、お客さんと時間外にご飯を食べに行くことだ。けれど、それを京ことばで説明しようとしても言葉が出てこなくて、ただ首を横に振った。

「わからしまへん」

京野が春子の思いを汲み取ってくれたのか、「わからない」という意味の京ことばを教えてくれる。春子はちご餅を手にとったまま、「わからしまへん」と繰り返した。

「ご飯食べいうんは、お客さんがな、芸妓さんや舞妓さんと外に食事にゆくことや。そん時はな、芸妓さんも舞妓さんも、〝お引き摺り〟やのうて〝からげ〟ゆう格好で行くにゃ。ご馳走してもろうたうえにお花もつく」

「から揚げ？　お花もつく？」

魅力的な言葉の羅列に、春子は思わず身を乗り出した。お客さんと外に食事に行くだけで、から揚げをご馳走してもらって、お花ももらえるなら、そんなに素晴らしいことはない。

そう思っていたら、隣で聞いていた秋平がぷっと吹き出した。何か変なことを言っただろうか。

でも、京野はそんな春子をバカにする様子もなく、真面目に丁寧に説明を加えてくれた。

「〝からげ〟や。〝そんなり〟ともゆうけどな。お引き摺りやない、普段着の着物のことや。お引き摺りはわかるな？　裾を引き摺るように着る、裾の長い着物や。お花はお客さんから頂く代金や。ご飯食べに誘われてもな、嫌なお客さんやったら行きとうないやろ？　けど、『いやや』とは言われへん。断るにはな、まずは何をおいても、『おおきに』ってゆうんや」

春子も合わせて「おおきに」と言ってみる。

「けど、その先がない。具体的な約束をせえへんにゃ。『おおきに』は誘ってくれてありがとう。それだけの意味や。もし、ほんまに行きたかったら、いつにしまひょ、ゆうて話をすすめる。『おおきに』ゆう言葉だけでも、いろんなシチュエーションで使えるようにならなあかん。そのためには、京の文化ゆうか、お茶屋の文化を知らんとな」

実は何を言っているか、あまりよくわからなかったのだけれど、早くちご餅が食べたくて、曖昧に頷いておいた。

やっと食べられると思ったのに、京野はまた別の話を始めた。春子はおあずけをくった状態のままだ。

「『おおきに』いえばな、夏目漱石の話、知っとるか？」

夏目漱石なら知っているけど……と春子は首を傾げる。すると京野は何かを思い出したのか、くくくっと笑い、話を続けた。

御池《おいけ》大橋の近くに小さな小さな石碑がある。それは「木屋町に宿をとりて川向の御多佳さんに　春の川を隔てゝ男女哉」と書かれた夏目漱石の句碑なのだそうだ。

漱石は病気療養のために、木屋町の旅館に滞在していた。ある日、散歩から戻ると夕食時に文藝芸妓の磯田多佳がやってきた。文学を愛し、書画や骨董《こっとう》の知識も豊富でしゃれも返せる文藝芸妓の多佳の話はおもしろく、漱石とすぐに意気投合した。

その後も何度か話し相手になってもらったりしていたのだが、三月のある日、漱石は多佳に「北野天満宮に梅を見に行こう」と誘った。しかし、当日、待てど暮らせど多佳は来ない。お茶屋さんに問い合わせると、別の人物と遠くまで出かけたと言われた。傷心の漱石は、一日、裏切られた思いを抱えたまま京都を散歩し、石碑にもなった歌を詠んだのだという。

これはきっと、漱石が誘った時、多佳が「へえ、おおきに」と答えたのではないかといわれている。東京生まれの漱石にしてみれば、「おおきに」は「ありがとうございます」で、いってみれば誘いをOKしたと思える。けれど、多佳にしてみれば、「おおきに」は単なる「誘ってくれてありがとう」だけの意味で、やんわりと断る返答にすぎなかったのだ。

「わかるか？　お茶屋の文化ゆうんは、そうゆうことにゃ」

話を聞きながら、春子はちご餅の求肥が硬くなってしまわないかずっと気にしていた。だから、突然話が変わって、「おかあさんはどんな仕事をしてる？」と訊かれた時も、知っているはずなのに、なぜそんなことを訊くのだろうとは思いつつも、ストレートに「お母ちゃんは子供の頃、死んでしもた……」と答えてしまった。

「あ、いやいや、そやのうて、千春さんや」

そうだった。今の「おかあさん」は、万寿楽の女将である千春なのだった。

「あ、すんもはん」

「ん？」

しまった。つい、鹿児島弁になった。「すんまへん」と春子は小さく言い直す。

「舞妓さんや芸妓さんのスケジュール管理どす」

忙しいながらも、はんなりとした佇《たたず》まいを保つ千春を心に思い描きながら答える。

「そうや。けど、それだけやない。女将さんはおもてなしの演出家や。季節の見どころやイベント、宴会、食事、宿泊のお世話までする」

京野の発言に春子は深く頷いた。

お茶屋のおかあさんは、いってみればプロデューサーで、まさに「安らげる家庭」を演出しているように思える。だから、馴染みになればなるほど、お客さんには家庭でゆったり過ごしているような感覚があると思う。だから、「おかあさん」と呼んで、本当に実家に帰ったかのように思えるような癒しのサービスを受けているのだと思う。

そんなことを想像していると、京野が続けた。

「おもてなしをするためには、それぞれのお客さんの好みを知らんとできひんやろ。そやから一見《いちげん》さんお断りなんや」

花街だけでなく、京都には「一見さんお断り」の店が多い。

それはお客さんと強い信頼関係ができているからだ。一日遊んだ代金はその日に支払うことはせず、後日精算となる。だから、身元のはっきりしない一見さんはお断りということなのだ。

それに、馴染みのお客さんならば、そのお客さんに合わせたおもてなしもできるし、外で遊ぶにしても、姿を想像しながら季節と好みに合わせた見どころなどをコーディネートすれば、お客さんの満足を優先して考えられる。そのおもてなしの最たるものに芸妓や舞妓たちがいるということになる。

お客さんに出すお料理を作らず、基本的に仕出し屋さんやお料理屋さんから取り寄せるのも、奥がバタバタすることなく、女将が台所の様子や料理の味を気にせずに、お茶屋そのものがゆったりとした雰囲気を保つためなのだ。

すべては「きげんようおあそびしてくれやしたか」——つまり、お客さんが心おきなく遊べたかどうか、それを第一に考えている。だから、お客さんとの長いお付き合いを前提にして、お客さんの好みを丹念に把握し、いちいち相手に訊かなくても望みを察知し、最高のサービスを提供するのだ。

春子はまだ自分のことに精いっぱいだ。だから、まだ「おもてなし」についてなどあまり考えたこともない。一見さんよりは、若様のような馴染みの旦那さんのほうが、お茶屋について春子より詳しいので、楽だという程度でしかない。

でも、早くお座敷に上がるためには、いつもどんな時でもお客さんのことを第一に考えていかなければならないのだと漠然と思っていた。

＊

夏が近づいてきていた。

木々が瑞々《みずみず》しい緑色になり、陽に照らされキラキラしている。そんな季節のうつろいに合わせ、沁みるような暑さを感じながら少しずつ少しずつ、京都や花街の息遣いに馴染んではきた。

けれど、どうしても春子が苦手なのは正座だった。

舞や鳴り物の稽古以前の問題で、きちんとした形の正座ができるよう、「正座の稽古」にまで通うことになった。

八軒女紅場の茶室で正座のレッスンをする。

今日はマンツーマンではなく、アルバイト舞妓の福葉、福名《ふくな》と一緒だった。

「正座する時は、親指と親指しっかり重ねて……」

師匠に言われて、「どうやったらしっかり重ねられるんだろう」と手の親指を一生懸命に重ねていたら、「ちゃうちゃう」と面倒くさそうに言われた。

「足の親指や」

言われてハッとした春子は慌てて、足の親指を重ねる。ほかの二人を見ると、きちんと足の親指を重ね、きれいな正座をしていた。

「おいど真ん中に下ろして、手は自然と太ももの上、背筋伸ばして、脇締めて、顎ひいて、真っ直ぐ前見んのどっせ。次、立つ時は、手は太ももの上に置いて、両のつま先立てて、かかとの上においど下ろして、左の膝立てて、すっとおいど引き上げて……」

おいど、おいどと言われても、最初はなんのことかまったくわからなかった。訊き返すこともできず、何度も何度も怒られて、ようやく「おしり」のことだと気づいた。

しかし、気づいたからといって言われたとおりにできるというものでもない。

千葉出身の福葉と名古屋出身の福名はアルバイトにもかかわらず、先生のお手本どおりすっと立ち上がれる。「すごいな」と思って見上げているからかもしれないけれど、春子は立ち上がろうとするたびに足が痺れて倒れてしまったり、着物の裾を踏んでひっくりかえってしまったりと、うまく立てないのだ。

そのたびに「何してはりますの！」と怒鳴られてしまう。萎縮するとさらに体が縮こまり、こわばり、立ち上がる動作ができなくなってしまう。

休憩時間になって師匠が部屋から出ていくと、ようやく正座から解放され、春子は福葉や福名とともに足を投げ出して座った。

「うちら二人、今度、お茶会イベントに出るの。あなた、本物の見習いなんだって？」

見習い……。仕込みさんという言葉を知らないのだろう。本物の舞妓見習いには違いないという意味で、春子は「へぇ」と頷いた。

「あれじゃん、年季奉公とかいって、ノーギャラっしょ」

着物を着て、「じゃん」とか「ノーギャラ」と言うのは、なんだかヘンな気もする。けれど、つい最近まで自分も鹿児島と津軽の言葉を使っていたので、春子は黙っていた。それに彼女たちは髪型も舞妓のそれではなく、まるで浴衣を着ている時のようなアップスタイルだった。

「でも、あれやん、生活費とか着物とか、全部置屋さんが払ってくれて、お小遣いだってくれんだよね」

「へぇ」

小さな声で返事をすると、二人はそんな春子の返答には構わず、「だけど、全部借金になって、五年も六年もタダ働きするんしょ。でらきついっしょ」「きついっしょ」と納得したように話していた。

普通、年季奉公といえば、五年や八年などまとまった年数で契約をし、仕込みの時期を過ごさなければならない。彼女たちが言っていたように、舞や鳴り物のお稽古代、ご祝儀、着物、食費、少しのお小遣いなどはすべて屋形が持ってくれる。その代わりに、舞妓になったら、数年は給料がないまま屋形のために働かなければならない。

それはたしかにきついのかもしれない。

春子にとっては全部が舞妓になるための修業だと思っているけれど、自分の時間がまったくない、テレビも見られなければ携帯も使えない同年代の友達とは違う生活、姿勢や歩き方まで四六時中注意されて、イヤ挙句の果てには、舞妓デビューまで一年と決まっているわけではなく、それぞれの芸のお師匠さんの許可が出るまで、何年もかかる可能性もあると知り、やめてしまう子も多いと聞いている。

それほどきつい修業だと最初に千春からも念を押された。けれど、千春はもちろん、百春、里春、豆春も優しいし、富さんや若様、京野もよくしてくれている。ひとまず、憧れの舞妓になるまではどんなことがあってもくらいついていこうと思っていた。

そんなふうに毎日毎日、お茶屋の仕事をしつつ、京ことばの勉強、舞や鳴り物などの稽古をしているうちに、いつの間にか本当の夏が来ていた。

最近はちょっとした移動だけでも汗が噴き出てくる。でも、汗をかいて出た水分の代わりに、何かを吸収できるような気もしている。スポンジはしぼった分だけ水をいっぱいに吸うものだと祖母が教えてくれた。

「さ〜あ〜あいや、あとや、さ〜あ〜あいや、あとや……おいど落として、とんつん、菊の〜てんちん、ませーがぁき。ななえやえぎ……ちんちんりんりんりんりん、おいど落としてぇ、ちんちんちん、ちんとつつん……」

師匠の千代美とマンツーマンでしている舞の稽古も、少しずつではあるけれど、口三味線と合ってきたような気もする。「おいど落として」にも慣れてきた。うまくひねって回れるようにもなったし、正座からの立ち上がりも転ばなくなった。

すべてが少しずつだけれど、前に進んでいるような気がする。もっともっと頑張らなくては……と春子は一生懸命になっていた。

目を覚ましたら、京野がいた。

慌ててあたりを見回すと、そこは照明がすっかり落ちた言語学研究室で、机につっぷして寝てしまっていたのだと気づいた。

「あ、おおきに。すんまへん。おたのもうします」

反射的に言うと、京野はぷっと吹き出した。寝ぼけているととられたらしい。春子は目をぱちくりさせると、今日のことを話し始めた。

京ことばは実践あるのみ、使ってナンボということで、毎回、最初に思っていることを伝えるという作業をしている。

「……踊りのお師匠さん、ものすごく厳しいねん。『おいど落とせ』『おいど落とせ』て」

「ものすご厳しおすねん」

いつも直されないことを目標としているのだけれど、今日も直された。

「……ものすご厳しおすねん……毎日筋肉痛どす。お座敷にお酒持っていったら、あとで、おねえさんに『シップ臭《くそ》うてかなへんわ』ゆわれましてん」

言葉が合っているかどうか自信がなく、京野の顔を見上げ、反応を窺う。すると、京野はゆっくりと首を振った。

「ちゃう。シップ臭うてかなん、ゆわれましてん」

「シップ臭うて、かなん、ゆわれましてん……」

なんだか調子がいいと思っていたのに、いつも以上に訂正されてしまった。その思いが顔に出てしまったのか、テンションが下がったのに気づいた京野が「今日はお休みするか？」と春子の顔を覗き込んだ。

春子は慌てて首を横に振り、「そんなんちゃいます。やりますよってに、おたのもうします」と必死の思いで言った。ここで見捨てられたら困る。

ふと、京野の表情が柔らかくなった。いつもあまり表情がなく、何を考えているのかわかりにくいところがあるけれど、この教室《レッスン》の時だけは違った。

今日はいつもサポートしてくれている秋平がおらず、京野と二人きりだ。広い研究室の中で、スタンドの灯りが優しく春子を照らしている。京野に見守られているという安心感もあって、ポッと心の中が温かくなるような感じだった。

でも、いまだに基本の単語がうまく言えずにいる。自分の話している言葉が正しいのか間違っているのか、感覚的にわからない。

「おぶ、ぼん、はよ、といなぁ、堪忍え、こない、そない、あない、どない」

基本の単語を発音してみるのだけれど、京野が「そうそう」とか「その調子」などと言ってくれるわけではないし、訂正してくれるわけでもない。何より自信がないから、一つ一つ首を傾げてしまう。

「ええか、京都の人は『よそさん』、つまり、よそ者のやることはなんでもかんでもニセモン扱いや。けど、その京都の人も一人一人しゃべること、やること、みんな違う。そやから、春子ちゃんも自分のしゃべってる言葉こそ、本物の京ことばや思て、自信持ってしゃべらなあきまへん」

京野の口から発せられる「春子ちゃん」という言葉は独特の音がする。祖父母が言う「春子」や置屋のみんなが呼ぶ「春子」というのも、それぞれ好きだけれど、こんなに優しい「春子ちゃん」を初めて聞いたような気がする。春子は京野の言葉に励まされ、ニッコリと頷いた。

祇園祭の宵山《よいやま》で京都の町は賑わっていた。

仕込みさんをしている間は、観光などする暇もないし、プライベートで出かけることすらないのだが、レッスンが終わるのが遅くなってしまったため、京野が下八軒まで送ってくれるついでに、遠回りをして、宵山の雰囲気を味わおうと誘ってくれた。

普段なら通らない裏の小路も、祇園ばやしを聞き、夏の匂いを感じながら歩くと、全然違う町に来たような感覚がある。

ふと気づくと周りはカップルだらけだった。自分と京野はどんなふうに見えるのだろう？　親子？　それとも……と、春子は周りを意識してしまう。けれど、京野は何を話すでもなく、ただ、ぶらぶらと歩くだけだ。

なのに、路地裏の階段で、カップルとすれ違う時、ふいに春子の肩をつかんで自分のほうに寄せた。もちろんすれ違うカップルのために道を空けただけなのだけれど、京野に触れられた肩がじんわりと熱く、胸がドキドキしていた。

もうすぐ下八軒に到着してしまう。

春子は京野と並んで歩く時間がもう少しで終わってしまうのを残念に思いながら、橋の向こうの提灯の灯りを見つめていた。

二人で八軒新橋まで歩いてくると、鶴一と出会った。

「あ、鶴一さんねえさん、こんばんは」

「へえ、こんばんは」

春子も京野に続いて、「こんばんは、鶴一さんねえさん」と頭を下げると、鶴一は「こんばんは。いやぁ、お似合いやなぁ」と目を細めた。

いきなり「お似合い」と言われて、急に再び胸の高鳴りを感じてしまい、春子は困ったように京野を見上げた。が、京野はいつもとなんら変わる様子はなく、穏やかだ。

すると、鶴一がいきなり両手の中指の第二関節を折って、その背を合わせ、残る四本の指の腹をそれぞれに合わせ、両手を組み合わせた。

「親と別れ、子と別れ、兄弟別れても、離れられないあなたと私」

そう言いながら鶴一は、左右の中指の背をつけたままリズムに乗せて、順番に親指の先を離し、小指を離し、人差し指を離す。しかし、なぜか最後に残った薬指だけは離れないのだ。

「知っとるか？」

京野は春子に微笑みかけ、鶴一と同じように両手の指を組み合わせる。春子もバッグを下に置くと両手の指を合わせ、鶴一の声に合わせて動かしてみた。

「親と別れ、子と別れ、兄弟別れても、離れられないあなたと私」

歌に合わせて親指が離れ、小指が離れ、人差し指が離れても、薬指だけはついている。どう頑張って離そうと指に力を入れてみても、薬指どうし吸いついたように離れない。見ると、京野も薬指だけがぴったりとくっついたままだった。

春子の驚いたような笑顔を見ると、鶴一は「ほな、さいなら」と楽しげに去っていった。


「ねえさん、さいなら」

「さいなら」

春子は京野とともに鶴一の後ろ姿を見送る。と、京野が微笑んで言った。

「ええなぁ。京ことばが優しい風みたいに吹いてくる気ぃがするわ。なんや幸せな気ぃになるわ。それが京都の魅力かもしれへん。けど、その魅力を伝えられんのは、もう舞妓さんや芸妓さんだけかもしれへんな」

そういう京野の横顔をじっと見つめているだけで、少しだけ幸せな気分になった。ならば、頑張って舞妓になり、京ことばを伝えていきたい、春子はそう思った。

「ほな、さいなら」

小さく手を振り、京野が八軒新橋を渡って帰っていく。

あまり外で会ったことがないからなのか、今日は京野の姿がいつもとはまったく違って見えていた。

「離れへん！」

この気持ちはなんなのだろう。声を聞いていたいし、顔も見ていたいのに、いざ会うと、必要なこと以外は話せなくなってしまう。胸の奥が少し疼《うず》くような、ずっと会っていたいような、恥ずかしいような……。これが恋というものなのだろうか。

恋。

恋ってなんだろう。心に芽生えた思いを大切にとっておきたいと、春子は去っていく京野の後ろ姿をいつまでもいつまでも見送っていた。

＊

万寿楽の奥座敷では、歌舞伎役者の市川勘八郎が里春と二人きりで飲んでいた。勘八郎はいつもふらりとやってきて、里春を指名する。特に舞を見るわけでもなく、二人でゆったりとした時間を過ごすだけだった。

今日の里春は鮮やかなブルーの着物を身につけていて、いつもよりも麗しく、なまめかしく見えていた。

千春から、里春のお座敷にお酒の追加を持っていくように言われ、春子はお盆に冷酒を載せ、階段を上がっていった。

と、微かに聞こえてくる祇園ばやしに混じって、里春と勘八郎の声が聞こえてくる。それが妙に密《ひそ》やかな囁きで、春子はなかなか自分がお酒を持ってきたことを告げられず、膝をついたまま襖を開けられなかった。

「いつものお宿どすか？」

「うちのが来てる。なんとか抜け出してきた」

「そうどすか」

近々、勘八郎は顔見世の時に、襲名披露パーティーをやるらしい。

「その打ち合わせにな。あいつの仕切りだから……」

会話がふととぎれ、「……なんや、寂しうて……」という里春の声が聞こえてきた。

その声にどきりとして、薄く開いた襖の隙間から思わず中を覗き込んでしまう。

すると、里春が両中指を折り、そのほかの指と指を合わせていた。祇園祭の夜、春子が鶴一から教えてもらったアレだ。

「切れる心はさらさらないに、切れたふりする身のつらさ」

勘八郎が都々逸《どどいつ》の節で歌うのに合わせ、鶴一がやっていたように一つ一つ指を離していっていたが、うっかり薬指まで離してしまい、いや、普通なら離そうとしても離れないはずの指がうっかり離れてしまって驚き、慌てて再びくっつけたのがわかる。なんで離れたのだろうと春子も驚いたが、里春はなんとか気持ちを立て直し、都々逸で自分の気持ちを返すのだった。

「惚れさせ上手なあなたのくせに、諦めさせるの下手《へた》な人」

一度惚れてしまったら、それがいくら実らない恋であっても、なかなか諦めるのが難しいというのは、春子にもわかる気がする。人目を忍ぶ恋だからこそ、その思いはつのり、思いが通じれば、今度は絆が強くなる。そんな大人の恋にも憧れる。

春子は冷酒を載せたお盆をそこに置き、たった今、ここに来たかのように、ことさら明るい声をあげた。

「ねえさん、おたのもうします」

里春の「おおきに」と言う声が聞こえたかと思うと、盃が、都々逸の七・七・七・五調にコツコツと座卓に響く音がした。それに合わせて、指で座卓を叩く柔らかなリズムも聞こえてくる。春子にはそれが切ない会話のようにも思えた。

第四章

秋の京都は古《いにしえ》の佇まいに青空が映え、風情があふれている。

随心院《ずいしんいん》の境内の木々の葉も真っ赤に染まり、見事な景色を見せている。また、薬医門の隣にある大銀杏《おおいちょう》は鮮やかに黄色く輝き、秋の訪れを感じさせた。

玄関前には「花の色は うつりにけりな いたづらに わが身世にふる ながめせしまに」という有名な小野小町の歌碑がある。小町がこの随心院で暮らしていたわけではないのだが、このあたりはもともと小野地区といい、小野氏の根拠地ともされていた。小町もこのあたりの出身で、宮中から辞したあとも近辺に住んでいたこともあって、小野小町ゆかりの寺としても知られている。

百春や里春に連れられて、久しぶりにプライベートで外出をした春子は、随心院にある「蓮弁《れんべん》祈願」をした。これは蓮《はす》の花びらの形をした紙に願い事を書いて、水瓶に浮かべると、水に溶けて願いが叶うのだという。しかも、水瓶の水は小野小町が使った井戸の水を使っているということで、きれいになれるらしい。

「女十六歳　舞妓さんになれますように　春子」

春子はこう書いた蓮弁を水瓶に浮かべた。さらさらとその紙は水に溶けていく。柔らかく水と馴染んでいくそれを見て、きっと舞妓さんになれる——春子は期待に満ちた目でそれを見つめていた。

しかし、里春と百春に、ここに連れてこられた理由は別にあった。そのために、いつもの仕込みの時とは違う、少し上質なダスティピンクの着物を着ている。初めてつけた菊柄の帯もかわいらしくて春子は気に入っていた。

渡り廊下の先に座敷が見える。立派な松の絵が描かれた襖のあるその座敷には、なぜか洋風のテーブルと椅子が置かれ、ケイタリング・サービスの女性たちが、皿やフォーク、ナイフをセッティングしている。

春子は百春、そして秋平とともに渡り廊下の一角に身を潜めていた。そして、秋平にワイヤレスマイクをつけられる。

「ねえさんもいけずやわ。高ちゃんと二人きりになるのが嫌やゆうて、おかあちゃんに頼んで春子連れてくことにしゃはって。けど、わざわざここにきゃはるとはなあ。さしずめ自分が小野小町で、高ちゃんが深草《ふかくさ》の少将はんのつもりどっしゃろ。おまけに高級イタリアンのケイタリング・サービスて、ほんまに凝ってはるわ」

百春が呆れたように言うが、それでもこの状況を楽しんでいるようだ。ここに来るまでも、随心院に伝わる小野小町のいわれを教えてくれた。

「里春さんの一存じゃなくて、百春さんが仕組んだんじゃないですか」

秋平が呆れたようにツッコミをいれる。

「仕組んだなんて、人聞きの悪いこと言わんといて。あんたホンマに小さい時からひねくれもんやな。すべては春子のためや。実践京ことばレッスンどす。センセとばっかり話してても、いずれいろんな人と話さなあかんのやし」

「だけど、センセに内緒でこんなことして」

実は秋平は気が進まないようだ。

「構へんのや。そやから、あとでセンセに聞いてもらうために録音してんにゃんか。マイクのセッティングはええか？」

百春の企《たくら》みにのった秋平が、ワイヤレスマイクの受信機から伸びたイヤフォンを百春に渡した。

そのイヤフォンを受け取った百春が、自分の耳に装着する。

「あの、ちょっと何かしゃべってみて。緊張しなくていいから」

優しく秋平に言われても、つい緊張してしまう。何かと言われても言葉が見つからず、春子はいつもの舞妓必須三単語を言った。

「おおきに。すんまへん。おたのもうします」

「もういっぺん！　もうちょっと柔らこう……」

ネイティブの百春のイントネーションを思い出し、もう一度、「おおきに。すんまへん。おたのもうします」と言ってみる。

ようやく百春が納得をして「うん」と頷いてくれた時、里春と高井が部屋を挟んで向こうに見える廊下に姿を現した。

「ふーん、ゴイスーなロイメー……」

「なんどすか？」と里春が訊き返す。

「すんごい迷路」

ただ呆れて笑ってしまう里春だったが、高井の気分は良さそうだ。高井は単語をひっくり返して言う、芸能業界用語が大好きなのだ。

「来はった、来はった」

百春の密やかな声に促され、春子は座敷に向かった。

「どうぞこちらどす」

里春の案内で高井が「ルイフールイフー」とあたりを見回しながらやってくる。

「高ちゃん、お入りやす……どうどすか？」

高井はテーブルセッティングされた座敷に驚く。

「おいおい……」

目を丸くしている高井を、あらかじめ打ち合わせしていたとおり春子が出迎える。

「おこしやす。おおきに。おたのもうします。里春さんねえさん、おおきに」

「あれ、誰？　どっかで見たことあるなあ」

高井が怪訝そうな顔をしたので、先手を打たなければと、「万寿楽の仕込みの春子どす」と春子は自己紹介をした。

「この子は、京都で生まれて京都で育たはった、正真正銘のサラブレッドどす」

里春が春子に合わせてしゃらっと紹介する。春子はいつ嘘がバレないかとドキドキしていたが、誰も笑ったりしないので、懸命にこらえた。

「ふーん」

「今日は舞妓ちゃんになるためのお勉強で来やはったんやな」

里春が春子に言い、「へえ、そうどす。おたのもうします」と挨拶をした。

「そうか、お気張りやす～」

高井は変な節をつけた京ことばを話しながら、自分がかぶっていた帽子を春子にかぶせ、マフラーを肩にかけてくる。少し驚いて後ずさってしまったが、頑張って「おおきに」と微笑んで流した。


里春と高井が向かい合って座っている。

ケイタリング・サービスのボーイがそれぞれにワインをつぐ。

「グラッチェ。しゃれたもてなしだな。さすが下八軒の芸妓は違う」

「おおきに」

里春の微笑みを合図に、春子がパンの入ったカゴを運んできてテーブルの上に置くと、二人が乾杯しようとする前に話し始めた。

「ここ随心院は、小野小町はんに思いを寄せる深草の少将はんが、小町はんのもとへ毎夜、通わはったゆう百夜《ももよ》通い伝説の舞台どす」

打ち合わせどおり、しゃべり始める。京都生まれの京都育ちのように聞こえるか春子自身もドキドキだけれど、それ以上に、百春や秋平が襖の陰から心配そうに見守ってくれているのがわかる。

「ほう。そんな粋な場所でデートか。嬉しいなぁ」

高井は疑う様子もなく、目を細めている。

「小野小町はんは深草の少将はんに冷とうした。せやけど、小町はんは、自分のもとへ百日間通わはったら、少将はんの思いを受け入れるて約束しはったんどす。少将はんは、『あなたの心が溶けるまで幾夜でも参ります』言わはって、通い続けはったんどすが、約束の百日目まであと一夜ゆうときに、雪の中で死んでしもたんどす」

言えた……！

おそらく棒読みだっただろうに、高井もその話を聞きながら「かわいそうになぁ」と涙ぐんでいるくらいだ。

と、ふと、今の話を反芻していた高井が気づいた。

「おぉぉおい！　ここに来たのは、そういうことか」

「なんのこっどす？　そないな話、よう知りまへんどした。さすがに春子ちゃんはサラブレッドや。よう知ってはる。ここに小野小町はんが住んではったんか」

里春がこれも打ち合わせどおり、しらばっくれる。春子も打ち合わせどおり「そうらしおすえ」と頷いてみせた。もちろん里春も春子も、小町がここに住んでいなかったことは知っている。「百日目まであと一夜で死んでしまった」という話をしたのも、わざとだ。

「俺がお前のところにどれだけ通ったと思う？　百回じゃすまんぞ。一緒にイタリア行く約束だってしただろう。誘ったら、『おおきに』って言ったじゃないかよ」

「そうどす。ほやけど約束はしてまへん」

里春はワイングラスを揺らしながら言った。

そのやり取りを聞いた時、春子は、前に京野が言っていたのはこのことかと思い出した。お客さんの誘いにはとりあえずなんでも「おおきに」と言っておく。でも、興味がなかったらそこで終わり、もし本当に誘いに乗りたかったら、自分から具体的に計画を立てればいいのだと教えてくれた。

そうとは知らない高井は、しつこく里春を誘い続ける。

「想像してみぃ。アマルフィの海！　スカラ座でため息……」

うっとりと目をつぶりイタリアに思いを馳せる高井に、「南座やったら知ってるえ」とガツンと言う里春。それでも、高井は「ネプチューンの噴水もあるし、コンドッティでお買い物や」と里春の様子には構わずしゃべり続ける。

「ええっ？　『来んといて』って言わはった？」

遠まわしどころではない。これだけハッキリ断っているのに、なぜ、この人は気づかないだろうと春子は不思議だった。

高井は、太陽に近い国で二人で暮らそうとか、出会った時のときめきを大切に生きていこうなどと繰り返し主張している。里春には思う人がいるのにと、あの時盗み見た切なさを思えば思うほど、彼の態度に苛立った。

だから、高井が食事をしているテーブルを乗り越えて、里春にキスを迫った時に、つい叫んでしまったのだ。

「なんしちょっと！」

里春はその春子の声に紛れて、さっと身を離した。

しかし、「舞妓は若ければアルバイトでいい」と豪語する高井も、舞妓修業中の仕込みの口からこんな言葉が飛び出すのを聞いたことがなかったのだろう、驚いた顔で春子を見つめていた。

「す、すんまへん……」

春子はかぼそい声で言うと、その場からそそくさと逃げ出した。

＊

「小野小町はんは深草の少将はんに冷とうした。せやけど、小町はんは、自分のもとへ百日間通わはったら、少将はんの思いを受け入れるて約束しはったんどす。少将はんは、『あなたの心が溶けるまで幾夜でも参ります』言わはって、通い続けはったんどすが、約束の百日目まであと一夜ゆうときに、雪の中で死んでしもたんどす」

京大学の京野の研究室で、里春のお供をした時の春子の声がパソコンのスピーカーから流れている。秋平が操作しているそのパソコンの画面には、京都弁の波形が現れているのだろう。

目をつぶり、腕を組んでいる京野が小さく首を横に振るたびに、この場所から逃げたくなるのを春子はぐっとこらえ、身を固くした。これならば、舞のお師匠さんたちのように「ちゃうちゃう」と言われたほうがどんなにましか。

「なんしちょっと！」

ぶちっという音とともに音声が途切れた。

その唐突な終わり方に、録音していた秋平の動揺がどれほど大きいものだったのかが伝わってくる。言い訳も何もできないまま、静けさが研究室を包む。

どのくらい経っただろうか。沈黙をやぶるように、京野がポツリと口を開いた。大きな身振り手振りで京ことばをメロディに乗せて歌う彼が、何も受け入れられない、信じられないといった感じで、腕組みしたままだ。

「『何しはんの、やめておくれやす』。そう言わなあかんなあ」

怒っているわけでもない、呆れているわけでもない、ただひたすら悲しそうに響く京野の声を聞くのが辛く寂しかった。

いつもならおやつを用意してくれる京野だったが、今日はそれもなく、レッスンが終わると「おつかれさま」と言って研究室を出ていってしまった。

何も言えないまま春子が力なく立ち上がると、秋平が「送るよ」と自分もバッグを持ち、帰り支度をしてくれた。


八軒新橋を渡ろうとして、ふと、春子は立ち止まる。

舞妓に憧れて憧れて、母親のようになりたくて、思い切って京都までやってきて万寿楽を訪ねた。祖父母も応援してくれて、わざわざ京都まで足を運んでくれた。なのに、自分は舞妓に近づくどころか、周りの人の足を引っ張り、迷惑をかけているだけではないのか。そう思うと、春子は落ち込んだ。

先を歩いていた秋平が春子の様子に気づいて、振り返った。

「本物の舞妓さんって、どんな舞妓さんだと思う?」

「京都で生まれ育って、礼儀作法がきちんとできて、踊りが上手で……美しい京ことばを話せて……」

それは春子とは真逆の舞妓像だった。その自覚は十二分にある。

「もともと昔の舞妓さんは、十二、三歳でお座敷に出てたんだ。芸妓さんやお茶屋さんの子供だったり、家が貧しくて遠くから売られてくる子もたくさんいた。それでも幼い頃から京ことばを聞いて、話して、お稽古事をさせられて。だから京都生まれに見えたんだ。でも、今ほど、舞妓さんは人気があったわけじゃないんだよ。舞妓さんは芸妓さんの見習い期間にすぎないし、何より幼すぎた。今は、子供といっても、十七、八歳だけど。ま、だからかわからないけど、未熟な舞妓さんが芸妓さんよりチヤホヤされる。まるでアイドルだよ。何が本物なのか僕にはわからない」

「本物の舞妓さんって、どんな舞妓さんだと思う?」と訊いておきながら、「僕にはわからない」と言う。でも、秋平がそう言うのはなんとなくわかる気がする。でも、自分の中には入ってこない。秋平の言葉の一つ一つが心に刺されば刺さるほど、気になるのは京野の反応ばかりだった。

「センセはガッカリしたはる。怒ってはる」

春子が落ち込んで俯くと、秋平から「……君はどうして舞妓さんなんかになりたいの?」と訊かれた。

母親のことは言えない。けれど、それを抜いてしまったら、もはや舞妓になりたいという強い気持ちも、その理由さえもわからなくなっていた。

「きれいなお着物を着て、お化粧をしてって、そういうのに憧れるから？」

そうじゃない。それだけじゃない。なのに、何も否定ができない。

「センセと一緒に春子ちゃんに京ことばを教えてるのに、変なことを言うようだけど……」

秋平の顔が曇るのがわかった。

きっとよくないことだというのはわかる。それを受け止める自信は今は、ない。けれど、秋平は春子の様子には構わず続けた。

「舞妓さんも芸妓さんも。所詮《しょせん》はお酒の席で客の相手をしてお金を稼ぐ水商売だよ。京の文化や伝統だっていったって、それは単なる飾りもので、都合のいい商売道具にすぎない。すべてはお金のため。はっきり言って、僕はこの世界が好きじゃない。君のような子にふさわしい仕事だとも思わない」

君のような子——それってどういうことだろう。田舎者でどんくさいということなのか、それとも世間知らずすぎるということなのか……。

いや、違う。

京都生まれでも京都育ちでもないのに、お座敷、ひいては京都の花になどなれないということだ。

そのことに気づいた春子は黙り込んだ。

「センセだって、君のことを考えて、君のためを思って、京ことばを教えているわけじゃない。君を舞妓さんにすることで、自分が花街で認められたいだけだ。センセは自分のために君を利用しているだけなんだ」

センセだって——この言葉で目の前が真っ暗になり、途中から秋平の声がうわんうわんと頭の中で響いていた。後見人になってくれたのは、田舎から舞妓目指してやってきた自分を応援してくれたからではないのか。京ことばを教えてくれるためではないのか。

それを、いくら「利用している」と言われても、京野の優しげな表情と、柔らかな声しか思い出せなかった。


お風呂に入っている時も、掃除をしている時も、休憩時間になっても、京野のことばかり考えてしまう。今まで休憩時間など疲れて仮眠をとるほどだったのに、ぼんやりと窓の外を眺めているだけですぐに時間が経ってしまう。

どのくらいそうしていたのだろう。ひじをついたまま考え事をしていたら、雨が降りだしていることにさえ、気づいていなかった。

「春子！　春子！」

千春の声が聞こえ、春子はハッと立ち上がる。

「雨降ってきたさかいに、おねえさんに傘！　高下駄も忘れんようにな」

「へえ！」

返事をするなり、春子は自分の部屋を飛び出し、里春と百春がお座敷に出ているお茶屋「西野」に向かった。


「なんえこの傘。こんなん差せへんやろ」

里春に言われても、春子にはなんのことだかさっぱりわからない。傘は穴も開いていないし、壊れてもいないはずだけれど……と渡したばかりの白いビニール傘をまじまじと見る。普通のビニール傘だけれど……しまった、ビニール傘だった！

着物のおねえさんたちに渡すなら和傘と決まっている。春子は慌てて頭を下げた。

「こらえっくいやい」

思わず出た鹿児島弁に、里春は少しうんざり顔をする。端整な顔立ちをしているだけにムッとした顔をすると、迫力がある。

「こらえっくいやい、やのうて、すんまへん、やろ!」

「すぐに、すぐに持ってきます!」

春子は玄関を飛び出した。

「高下駄も忘れんと、持ってきよしや!」という百春の声が、背中のほうからかろうじて聞こえてきた。でも、八軒小路で和傘を差した二人組とすれ違ったけれど、それが大きいおねえさんの鶴一と鶴丸だとはまったく気づかなかったため、挨拶もせずに、ただただただひたすら雨の中をびしょ濡れのまま走り続けた。


お茶屋の西野から戻り、雨に濡れた和傘を玄関に干すと、里春と百春から説教をされた。覚悟していたことではあるけれど、実際に呼び出され、目の前に座らされると気持ちが落ち込んでしまう。春子は長火鉢の前でただうなだれるしかなかった。

着替えもせぬままの、芸妓と舞妓姿の里春と百春は迫力がある。

「いつんなったら当たり前のことが当たり前にできるようになるのんえ。難しいことなんか、何一つあらへんのに。傘かて初めてのことやないやろ。言葉かて、ちょっと慌てるとすぐに地ぃが出る」

いつもは何も言わずに見守ってくれる里春に怒られると、本当に何も言い返せない。京ことばがまだまだ使えないのだから、せめてほかのことは頑張ろうと思っているのに、どうしてこんなに抜けたことをしてしまうのだろう。

「今日はもうええやろ。傘かてうちが注意してたらよかったんや。ほな、おねえさんらに謝って、はよ寝て、明日からまたお気張りやす」

千春が優しい言葉をかけてくれるのが辛く、情けない。一生懸命、いろいろなことを教えてくれたのに。さぞかし残念に思っているだろうに。

おねえさんたちの怒りも身に沁みて感じている。でも、今日はまだきちんと謝っていない。ここは誠心誠意謝って、また明日から頑張ろう。

春子は千春にコクリと頷いてから、里春と百春に謝ろうと頭を下げ、「すんまへん」と口に出そうとした。

しかし、声にならないのだ。

「す」を発音できもしなければ、「あー」と口を開けても声が出ない。何度も何度もチャレンジしてみたけれど、喉《のど》を押さえてみても、顔を傾けてみても、何も聞こえてこないし、響かない。

里春がそれに気づいたのか、「なんや。どうしたん」と表情を変えた。千春も「なんえ？」と腰を浮かせる。

きっと焦っているからこんなことになるのだろう、もう一度、落ち着いて声を出してみよう。大きく深呼吸をしてから再びトライしてみるが、口がパクパク動くのと息の音がすぅっと出るだけで、思い描いたような声は聞こえてこないし、喉を触ってもやっぱり震えていない。

百春までが「どないしたん？」と心配そうな顔を向けた。

「声が出えへんのか？」

千春から窺うように言われると、急に涙があふれた。心の中でこれほどの叫び声をあげているのに、泣き声すら出てこなかった。

三日経っても、一週間経っても、状況は変わらなかった。

泣き声もうめき声も、くしゃみの声すら出ない。もしかしたら、本当は声が出ているのに、耳が聞こえなくなってしまったのではないかと思うほどだった。

百春が、常連さんである老舗呉服屋・冨田屋の若様に訊きに行ってくれたらしい。若様はこの春子の状況を「イップス」と称した。イップスというのは、ゴルファーなどが精神的理由で、突然、パットをする時に手が動かなくなる病だ。ほかのスポーツでも同じようなことがあるというから、いってみれば「京ことばイップス」だという。厳しく言葉を直され続けているうちにしゃべるのが怖くなり、そもそもの発声もできなくなってしまったのだ。イップスはどのような理由で、どんなきっかけでなるのかはわかっていないし、どうしたら治るかもわかっていない。

だから現状を改善するためには、とにかく安静とリラックスしかないのだと、しばらく仕事もことばの練習もせずに部屋でゆっくり過ごすように千春から言われた。

朝起きて、朝食をとって、軽く掃除だけすると、あとは部屋にこもっている。夕方、おねえさんたちがお座敷に出る時には、少し手伝いもするけれど、あれこれ世話をするでもなければ、走り回るわけでもない。役にも立たない。

とはいえ、部屋にいても何をするわけでもなく、ぼんやり窓の外を眺めているだけだ。万寿楽に来てから、そのような生活はほとんどしたことがなかったから、一日がものすごく長く感じられる。自分はこのままどうなってしまうのだろう。京野のことも怒らせてしまったし、稽古をしてもうまくならない。秋平の言うように「舞妓に向いていない」ということで津軽に帰らされてしまうのだろうかと、春子は漠然とした不安を抱えていた。

「春子」

襖の向こうで千春の声がした。返事ができないまま、襖のほうを見る。

「センセがお見えになってな。なんやお話があるそうや」

声が出なくなったから、レッスンに行かれないというのは千春が連絡してくれているはずだ。なのになんの用だろう。京野が訪ねてきたことには驚いたけれど、正直、今は会いたくない気持ちが八十パーセント以上、心を占めている。とはいえ、無視するわけにはいかない。春子はゆっくりと立ち上がった。

空がまぶしい。

久しぶりに太陽の下に出た気がする。

春子は、京野についていき、八軒小路の川沿いを歩いた。一緒に歩いたあの祇園祭の夜からそれほど日が経っているわけではないのに、ずいぶん前のことのような気がして、へだたりを感じる。

せっかく後見人になったのに、京ことばの勉強もせずに、何をやっているのだと叱られるのか。それとも、京野メソッドが成功しなければ、自分の立場がなくなってしまうではないかと、やっぱり怒られてしまうのか。せっかく久しぶりに京野に会えたのに、春子は複雑な思いでいた。

京野がベンチに座ったので、春子も少し間を空けて座り、深呼吸をして京野の言葉を待った。

「よう出てきてくいやったねえ。あいがとねぇ」

(共通語訳⇓よく出てきてくれたねえ。ありがとね)

鹿児島弁!?　春子は驚いて顔を上げ、京野を見た。

「ほんのこっちゃね、おいが春子ちゃんに、舞妓さんになってほしかったたっち思っちよったとは、おいも方言で難儀をしたからやっとよ」

(共通語訳⇓本当のことを言うと、僕が春子ちゃんに、舞妓さんになってほしいと思

ったのは、僕自身も方言で大変な思いをしたからなんだ）

京野は鹿児島出身だったのか。だから応援すると言ってくれたのか――春子はそのことを喜びつつも、すぐには信じられず、まじまじと京野の顔を見上げた。

「かごんまから東京にでっきせえ、大学で言語学を学んだ。訛りを直すっとにいっぱん苦労もした。あっちこっちの方言の研究で、いっぺこっぺ行きもして、そんせいで今じゃ、かごんま弁も怪しゅなってしもた。こないだ、秋平くんがよ、君が話せんごんなったとは、おいのせいじゃなかどかいっち言うちょっとがよ。『君には舞妓は似合わん、舞妓も芸妓もちっとも好かん』。そげん言いよったから」

（共通語訳⇒鹿児島から東京に出ていって、大学で言語学を学んだ。まず、訛りを直すことに一番苦労したよ。方言の研究のために、日本中あっちこっちに行ったからね。そのせいで、今じゃ、お国言葉の鹿児島弁も怪しくなってしまった。この間、秋平くんが、君が話せなくなったのは自分のせいじゃないかって気にしてた。『君には舞妓なんて似合わない、舞妓も芸妓も全然好きじゃない』。そんなふうに言ってしまったからって……）

そう言われて、あの時、「すべてはお金のため。はっきり言って、僕はこの世界が好きじゃない。君のような子にふさわしい仕事だとも思わない」ときっぱり言った秋平の表情を思い出し、また、落ち込んだ気分になった。そのせいで声が出なくなったとは思いたくないけれど、ショックが大きかったことはたしかだ。そう考えたら、芋づる式に、京野が春子のためではなく、自分の出世のために京ことばを教えていたという話も思い出してしまった。

京野はそんな春子の気持ちを慮《おもんぱか》ってか、しばらく黙ったかと思うと、ポツリポツリと話しだした。

「秋平くんなねえ、標準語をしゃべっておいやっどん、ほんのこちゃ、西野ってお茶屋の子じゃっと。お母さんが芸妓で、地元ん政治家との間にでけた子が秋平くんじゃっと。まあ、お妾《めかけ》さんの子。妾ってわかいやっけ？」

（共通語訳⇓秋平くんは、標準語をしゃべってるけど、本当は、西野というお茶屋さんの息子なんだよ。彼のお母さんが芸妓さんで、地元の政治家との間にできた子が秋平くんなんだ。まあ、いってみればお妾さんの子だ。妾ってわかる？）

春子は驚きながらも頷いた。

西野というお茶屋さんなら知っている。万寿楽からも近いし、里春や百春がお座敷に出ることもあるからだ。

「お茶屋で生まれた男ん子は、ふとなってから家に出入りしちょっと、妙なごけをうくっで、ちんけ時に外に出さることが多かったらしか。じゃっで秋平くんな、ばあちゃんに育てられやった……」

（共通語訳⇒お茶屋さんで生まれた男の子は、大きくなってから家に出入りしていると、妙な誤解を受けるということで、小さい時に外に出されることが多かったらしい。だから、秋平くんは、おばあちゃんに育てられたんだ）

それで「僕はこの世界が好きじゃない」と言ったのか。

両親が事故で死んでしまって祖父母に育てられた自分と、母親がいるのに祖母に育てられた秋平とではどちらが辛い思いをしたのだろうと春子は考えた。

「よそもんのおいは、京都がだいすっじゃ。お茶屋も芸妓も舞妓も、ほんのこつ素晴らしか京都の文化じゃち思うど。確かに、秋平くんの言うごと、おいもよかふうに思われようち、思っちょったかんしれん。じゃっで、春子ちゃんに京都弁を教えちょったかんしれん。そんこっで君を傷つけちょったとしたら、謝っで。ほんのこっすまんこっじゃった。じゃっどん、春子ちゃんのこっがだいすっじゃっで、一生懸命に教えちょったとよ。そいも、ほんのこっじゃっど」

（共通語訳⇒よそ者の僕は京都が大好きだ。お茶屋さんも芸妓も舞妓も、本当に素晴らしい京都の文化だと思ってる。確かに、秋平くんが言ったように、自分もこの花街とか大学で認められようと思ってたかもしれない。それで、春子ちゃんに京ことばを教えていたというのもあるかもしれない。そのことで君を傷つけてしまったとしたら、謝る。本当に申し訳なかった。でも、春子ちゃんのことが大好きだから一生懸命に教えてたんだよ。それも本当なんだよ）

そう言われても、春子はすぐには何も言えず、少しだけ微笑んだ。

京野が帰っていってから、春子はまた自分の部屋にこもった。

京野と話ができたことで、彼が怒っていないことがわかり、少しだけ心が軽くなった気もする。けれど、京野は優しいから、自分のことを元気づけようとしてくれたのだろうという穿《うが》った見方もしてしまう。

「入ってええか？」

襖の向こうから千春の声がした。春子は立ち上がり、襖を開ける。

千春はお盆に載せてきた柿とお茶を見せ、微笑んだ。

仕事もきちんとできない、京ことばもしゃべれない、それどころか声も出ない――なんの役にも立たない仕込みなど、「実家に帰りなさい」と言われても仕方がないのに、祖父母が心配するからと津軽に連絡することもなく、病気でもないし、大げさなことにならないよう病院に連れていかれることもなかった。「ゆっくりしたらええ」とせかさず、ただ見守ってくれる千春には本当に感謝している。

春子は頷き、「おおきに」と言いたかったのだが、やっぱりうまくしゃべれない。

千春は「無理せんときよし」と笑って、部屋に入った。

「小さい時からしゃべってた言葉使うたんびに、みんなに怒られて、ストレスが溜まったんや。四月からずっと気張ってきたさかい、疲れも溜まってんにゃ。しばらくは、しゃべらんときよし。おあがり」

千春に勧められ、春子は頷いて、柿を一口食べた。

そんな春子を見て、千春が訊いた。

「あんた、好きな人いてるか？」


「おやつ、どうえ？」

京野のことを考えていただけに、胸の奥が疼いた。

「うちが舞妓やった頃まではな、好きなお人がいても、旦那さんとらんならんゆう時代やった」

その話は本で読んだことがある。

昔はスポンサーとなる旦那さんを持つのが普通で、芸妓や舞妓側には選択権はなかった。だから、選ばれてしまったら、お茶屋さんや女将さん、男衆が説得をして、強制的に水揚げとなったらしい。初めて旦那さんを持つ儀式である水揚げには、大きなお金が動くので、屋形側から少しでも条件のよい旦那さんにお願いすることもあったという。

以前の舞妓は水揚げがすむと、髪型をそれまでの割れしのぶからおふくに結い替えたそうだけれど、今は水揚げそのものがなくなった。だから、舞妓になって数年経つと、年長の舞妓という意味合いでおふくを結う。その代わりに舞などが認められると、髪型を変え、芸妓になる襟替えの儀式をするのだ。

春子は小さく頷いた。

「そら嫌やったえ。『見られ』ゆうて、お客さんがお茶屋の女将さんに頼んで舞妓を集めてもろて、その中から選ぶお見合いがあったんやけど。『どうぞ選ばれませんように』って、きつう祈ったもんえ。〝雑魚寝《ざこね》〟……いうのんもあったけどな。お客さんとみんなで、お座敷で夜通し騒いで、そのままお泊りするんやけど、おかあちゃんからは、『気ぃつけなあきまへんえ！』言われて、長襦袢《ながじゅばん》の裾で足首んとこ縛ったりして。それでも修学旅行みたいで楽しかった」

もし、「見られ」であたってしまったら、大勢の人が間に入っているだけあってなかなか断ることができない。だから千春は、「『見られ』に外れますように」と簪を裏返しにするとか、帯揚げの先を結んでおくなどというおまじないをしたのだという。

自分だったらどうだろうと春子は考える。京野だったら「見られ」にあたってもいいかもしれない。そこまで考えて、「いやいやいや」と首を振る。自分だったらと置き換える前に、まだ舞妓になれてもいないし、何より、まだ声が出ない。

「うちの初恋はな、その雑魚寝で知りおうた映画スターはんやった」

その映画スターとは映画『月光の翼』に出演した赤木裕一郎だという。十八歳の舞妓だった千春は、隣に寝ている美しい男の横顔をじっと見ているだけで、心臓がドキドキして、何も言えなかったし、眠れもしなかったという。

ある夜、千春の視線に気づいた赤木裕一郎がニッコリ微笑んでくれた。

「寝ても覚めても会いとうて、ある時、お座敷が終わってからムーンライトゆう深夜便に飛び乗ったんえ」

千春はお座敷を終えると、だらりの帯から普段着のからげになって飛行場に向かった。昭和四十年代初頭は航空機の深夜便が東京、大阪、福岡、札幌を飛び、「ムーンライト」や「オーロラ」という愛称で親しまれていた。特急よりも速いし、何より、伊丹発午前一時、羽田着二時二十分というように夜の間に移動できるのがいい。千春が乗ったというプロペラのYS-11は夜間離着陸禁止の対象外となっていたから、一日に五回は往復していたという。

「真夜中に羽田空港に着いたら、ホテルのラウンジで待っててくれはった。何話すゆうんでもなく、一緒にいるだけで幸せやった」

一緒にいるだけで幸せという気持ちは、なんとなくわかる気がする。ほんの数時間、ホテルのラウンジでお茶を飲むだけでも嬉しいと思う。

星が輝く空が東から白み始める頃、千春はビジネスマンに交じって、羽田発五時の「ポールスター」のタラップを上り、ちぎれんばかりに手を振って、赤木裕一郎に別れを告げたという。

　しかし、その後、夜間離着陸の完全禁止によって、深夜便はなくなってしまったようだが、千春にもそんな時代があったのかと思うと、なんだか不思議な感じがしていた。

「寂しゅうて、寂しゅうて。けど、帰ったら一目散に稽古場や。そんなんを繰り返したんが、うちの初恋」


　初恋というのは胸がちょっとキュッとするような、でも、フワッとするようなそんな感じなのかもしれない。

　千春のプライベートな話を聞いて、心が少し和らいだのを春子は自覚していた。

「今は、舞妓から芸妓になって、お金稼げるようになったら、そら自立した一人前の女や。自分の責任でなんでも好きにしたらええにゃ。ほんまに好きになった人と結婚してこの町を出ていくのもええし、死ぬまで芸妓として芸を極めるのもええ。里春の一つ上にも舞妓がいたんえ。一春ゆうてな。そうや、一春の部屋もここやったなぁ」

　思わずドキッとした。

今、千春はたしかに「一春」と言った。あのことがバレてしまったのだろうか。一春が母親であるということは京野から固く口止めされているから、決して悟られてはならない。それでも春子は思わず部屋の中をぐるりと見回した。ここで自分の母親が仕事をしていたかと思うと、懐かしいような感じもするし、少しだけ近づけた気もする。

しかし、千春はそんな春子の様子にはまったく気づいていないようで、一春という芸妓について話し続けた。

「うちが、引いて出た舞妓やったさかい、ほんまはずっと面倒見たげなあかんかったのに、うちは結婚してこの町を出てしもたんや。休みになると、一春はよう遊びに来てくれた。まだ赤ちゃんやった百子をな、百春のことや、ようかわいがってくれたんえ。うちのほんまの妹みたいやったえ。けどな、もうすぐ年季が明けるていう時に、これからお世話んなる旦那さん裏切って、駆け落ちしてしもた。相談されて、『好いた人と逃げたらええ』て、うちが手引きしたんやけどな」

千春は肩をすくめながらそう言った。

見習いや舞妓の芸の習得、着物などに掛かるお金は、初めは置屋が代わりに負担してくれる。そして舞妓、芸妓としての収入からそのお金を返済していって、その返済が終わることを年季明けという。一春は――春子の母親は、その直前に春子の父親となる人と駆け落ちしてしまったのだという。本当ならば面倒を見てくれた置屋を裏切ることになり、嫌がられるだろうが、それを手引きしてくれたのが千春だと聞いて、なんとなく嬉しかった。

と同時に、だから、一春が自分の母親であることを言ってはいけないと釘を刺されたのだと、京野の配慮も感じた。

「それからや、一春のことだけやのうて、いろんなことが重なって、この屋形の女将さん、うちのほんまのお母ちゃんやけどな、借金でどうにもこうにもいかんようになって、お茶屋やめることになったんえ。けど、いざ手放すとなったら、お母ちゃんに、『あんたが戻ってきてなんとか続けてもらえへんか』って頼まれてな。何代も続いたお茶屋やさかい、町の人にも頭下げられて。悩んだ末に三つになった百子連れて、この家に戻ってきたんえ」

千春がそんな思いをして、まだ小さい百春を育てながらこの万寿楽を続けてきたのかと思うと、感慨深い。と同時に、尊敬の念を抱いた。

「それからは、必死やった。一春のこともあったさかい、今の子ぉに、『旦那さんおとりやす』ゆうても、そら無理や。もう、そんな時代やないと思て、自立した女として生きていける、そんなお茶屋にしたいと思たんや。けど……難しいこっちゃ。なんぼも育てられへんかった。このお商売も、もう終わりかなと思てたとこに、あんたが来たんえ」

旦那さんをとればお茶屋を立て直すことも可能なのだ。今はともかく昔はそうだったという。けれど、いくら、その制度がなくなったといっても舞妓にもなれないような子を拾ってしまい、千春はさぞかしガッカリしているだろうと思うと、なかなか笑顔を見せられなかった。

「あんた、舞は好きやろ。無理せんかてええけど、明日からお稽古行ってみるか。しゃべれへんことは、お師匠さんにゆうとくさかい」

まだ、声は出ない。

けれど、舞妓さんになりたいという気持ちはもちろんまだ捨てていない。一春という芸妓だった母親の話を聞いて、やる気を取り戻した春子はコクリと頷いた。

心持ちが少し変わったところで、春子の体調に何も変化はなく、翌朝もこの数週間と同じ朝を迎えただけだった。そのことに少し落胆しながらも、今までのようにずっと引きこもっているわけにもいかない。

なんとか声が出てほしい、早く舞妓になりたい。

その一心で、舞の稽古に行く前に八軒明神に手を合わせていた春子が、ふと振り返ると、里春がいた。

声が出ないので、黙って頭を下げる。

「お稽古か？」

訊かれて春子が小さく頷くと、「ちょっと、ええか？」と里春が春子に歩み寄った。ジーンズ姿の里春はすらっとしていてモデルさんのようだ。カラフルなカーディガンも、普通の人が着たら奇抜に見えるかもしれないが、里春が着ると、それは個性的でおしゃれに見える。厳しい表情の里春を見て、春子は緊張した。

「腫《は》れもんに触るよう、みんなあんたに優しいしてるけど、ゆうときたいことがある。ええか、うちらはお金をいただいて、夢のようなひと時を売るんねや。京ことばをしゃべんのも、舞を舞うんのも、そのための技術え。今、あんたは一流の舞妓になるための修業してはんのどっせ。これから先、ほんまに困ってる時、いっつも誰かが助けてくれるわけやない。自分の道は自分で切り開かなあかしまへん」

たしかにそうだ。

京ことば、舞、着物――春子にとっても夢のようなもの。千春も「自立した女として生きていける」と言っていた。一流の舞妓になるためには、誰かがお膳立てしてくれるのを待っているだけではダメだというのはわかっている。そして、里春が心を鬼にして言ってくれているということも。

里春は八軒新橋のほうを見やった。

「うちは東京で生まれた。一人でこの世界に飛び込んで、必死に言葉覚えて、芸を磨いて生きてきた。あんた、あの橋をどんな気持ちで渡った？」

春子も八軒新橋を眺める。

一人で津軽から出てきた時、受け入れてもらえず帰らざるを得なかった時、富さんに連れられ、祖父母と一緒にやってきた時、そして、もう舞妓になるまでは帰らない覚悟で、祖父母を見送ったあの時。いつでも、あの橋があった。

すべて自分で決めたことだ。自分で乗り越えていかなければならない。

春子は自分の気持ちを奮い立たせ、もう一度頑張ろうと決意を新たにした。

千春がお師匠さんに話を通してくれ、今日からまた舞の稽古ができることになった。千代美に挨拶に行くと、特に、怒られるわけでも同情されるわけでもなく、稽古が始まる。今日は長唄「手習子《てならいこ》」の稽古だ。寺子屋帰りのませた町娘の踊りだから、大人っぽくも、初々しく踊らなければならないということは頭ではわかっている。しかし、しばらく休んでいたこともあって、なかなか思いどおりには体が動かない。

「手え、どっちやの。まちごうてるやんか。足は右やろ。どうしたん？　逆に回ってどうする！　顔真っ直ぐで、おいど下げて、つきださんといてえな。なんえ？」

そこまで言うと、千代美はバン！　と机を叩いた。

「あんた、やる気あんのんか！　おさらいしてこんと、ここ来てるだけで上手になろうやなんて、虫がよすぎるえ！　もうええ！　お止めどす！」

「お止め」というのは、おさらいをサボったり、呑み込みが悪かったりする時に家に帰してもらえず、稽古場に足止めされることだ。「わかるまで、そこにいなはれ」と言われたら最後、外が暗くなっても、夕食の時間になっても家へ帰してはもらえない。

音楽も止められてしまった。

謝る間もなく、千代美はさっさと行ってしまい、春子は一人、稽古場に残された。

それが寂しく、情けなく、涙が込み上げてくる。

言葉が出なくても、舞ならと千春が背中を押してくれ、せっかくもう一度頑張ってみようという気持ちになっていたのに、とうとう千代美からも見放されてしまった。

きっともう千春も……。

我慢しきれず、春子は子供のように泣きだした。

と、ふと、体の奥底から湧きあがってくる感情とともに、泣き声が出た。

「……あ、出た……」

今までどんなに頑張っても出なかったのに。

どんなに励まされても出なかったのに。

そこで初めて、春子は自分がいろいろな感情までも押し殺し、心の中に閉じ込めてしまっていたのだとわかった。全然、本気さが足りなかった。だからだ。周りの人は「ストレスや」と言ってくれていたけれど、できないできないと否定し、やっぱり無理だと諦め、そのストレスを作り上げていたのは自分だったのだ。

でも、今日初めて、できない自分を「くやしい」と思えた。だから、その感情が声となってあふれたのだ。

「お止め」が出てしまって本当は大変な状況のはずなのに、どこか嬉しかった。

とはいえ、お迎えが来るまではお師匠さんに言われたとおり、稽古場を出ることはできない。

気づくと、稽古場に置かれた文机《ふづくえ》につっぷして寝てしまったようだった。顔を上げると、千春が見守っていてくれた。

夕陽に照らされた千春を見た時、なぜかホッとした。

稽古場の外に出ると、千春は手をつないでくれた。何も言葉は交わさなかったけれど、本当の「お母さん」に迎えにきてもらったようで嬉しく、もう一度頑張ろうというパワーがみなぎってくるのを感じていた。

第五章

久しぶりに気持ちよく起きた。

天気もよく、窓の外の紅葉も光り輝いて見える。

大きく伸びをすると、「ううう」と声が出た。声が出るということはこれほどありがたいことなのかと、春子は「よし！」と自分に気合いを入れて、仕事に取りかかった。

玄関前を掃いていると、鶴一が通りかかった。

「鶴一さんねえさん、おはようさんどす」

「おはようさん。あんた、元気になったんか」

鶴一も心配してくれていたのだと思うと、申し訳ない気持ちになる。せめて笑顔を見せて、早く舞妓になることで恩返ししなければと思う。

「へえ、おおきに、ねえさん」

「そうか、よかったなぁ」

「おおきに」

　鶴一の背中を見送りながら、八軒新橋のほうを振り返った春子は、決意を新たにした。


　お師匠さんのところには、千春が付き添ってくれた。

　千代美の前で、千春と並んで頭を下げる。

「辛抱でけるか？」

「へえ」

　春子は再び千代美の前に手をつき、深く頭を下げた。その顔つきは明らかに今までのものとは変わっていた。

「謝ってきたんか？」

万寿楽の支度部屋で里春や百春のお化粧を手伝っていると、富さんに着付けをしてもらっている豆春に訊かれた。

「へえ、おかあさんと一緒に行ってきました」

「うちもなあ、何度謝ったかしれん」

豆春が遠い目をすると、百春が「聞いたことあるえ。豆春さんねえさんが、歴代お止めナンバーワンやて」と目を輝かせた。

こんなにベテランの豆春にもそんなことがあったのかと思うと興味深い。

「そうかもしれんな。『お止めどす〜』って今でも時々夢に見るわ。いけずやからなあ。前世でうちとなんかあったんかな。相性悪いんや。でもなあ、今の春子見てると、なんや舞妓時代を思い出すなあ」

豆春の舞妓姿など想像できないと春子が心の中で思っていると、百春がそれを口に出した。

「どういう意味や。そりゃかわいらしかったで。なあ富さん」

「そうどすな。すれ違う人がみな振り返りましたな」

言いながら、富さんは含み笑いをする。

「驚いたん違うの？　あんまり顔が大きゅうて」

百春がくっくっくと笑いながらからかうと、豆春は「そんなことあるわけないやろ～」と眉を寄せた。

「あまりのかわいらしさに振り返ったんや。いっつも写真撮らはる人で道がいっぱいになって、よう歩けへんかったわ」

舞妓さん時代の豆春を想像し、春子は声を立てて笑った。そんな春子を、豆春、百春、里春、そして富さんが柔らかなまなざしで見つめる。

「もう大丈夫やな」

豆春が言うと、春子は「へえ。おおきに」と頭を下げた。


その夜、百春は帳場にいる千春のところに行き、頭を下げた。

春子も順調に育ってきている。あとひとふんばりすれば、舞妓にもなれるだろう。

だから自分を芸妓にしてほしいと頼み込んだ。

「百ちゃんのことは、おかあちゃんの一存では決められへんにゃ」

舞妓から芸妓になるためには、お茶屋の女将さんだけではなく、舞のお師匠さんからも認められなければならない。しかも、たった一人しかいない下八軒の舞妓を失いたくないというお茶屋組合からの要請もある。それらは百春もわかっているはずだ。それでも芸妓になりたいという強い意志が百春にはあるのだ。

「そやけどな、十二月で、もう三十え。ネットでも笑いものになってんのや」

「ネット？　ヘアネットか？」

最近のことにはとんと疎い千春が、とぼけたことを言う。百春はまたかという表情をしたが、すぐに思い直し、千春を説得した。

「インターネットや。『三十路の舞妓なんて、たいがいにせい』ゆわれてるわ。舞妓がいてないのより、三十路の舞妓のほうがよっぽど恥ずかしいのちがう？　三十歳前に芸妓になれへんのやったら、うち、このお商売やめさしてもらいます」

商売をやめるとまで言われ、これはもう止められないかもしれないと千春は小さくため息をついた。

翌日、春子は百春の舞の稽古についていった。

千代美の口三味線に合わせ、百春が長唄「黒髪」を踊っている。初めて見学をした時とは踊りはもちろん、顔つきが違っているのが春子にもわかった。

「あんた、一人でお稽古してたんか」

百春が踊り終えると、千代美が表情を変えずに尋ねた。

「へえ、お座敷が終わってからも、里春さんねえさんに見てもろてました」

「そうか。ようお気張りやした」

「おおきに」

「ようお気張りやした」と言われるのは認められたということだ。これで本当に百春を舞妓にとどめておくのも難しくなった。それを見ていた春子も嬉しかった。

千代美が再び口三味線を始める。

「ちりりりり、つんつん、つつつんつん、ちんしゃん、ちちんちん、ちちちん、りん、りん、ちんちんしゃん、よぉい、ちちん、ちちん……」

それに合わせて踊る百春には、すでに一芸を身につけたプライドが漂っていた。

舞のお師匠さんの許しが出たことで、千春は真剣にお茶屋組合に交渉した。その熱意が伝わったのか、襟替えの許しを得て、その日取りもすぐに決まった。

その当日からさかのぼって、およそ三週間、蝶が羽化するかのごとく、舞妓から芸妓になるための様々な変化や手続きがある。

まず、舞妓の衣装の帯あげの締め方が変わる。もともと、帯の上に真っ赤な帯あげが出ていたものが、結び目を一つ作って帯の中にしまうようになる。

決まってすぐには、根が高く上がった「奴島田《やっこしまだ》」を結い、色紋付を着る。

そして次の週は、後頭部で髪を一つにまとめて折り返し、笄《こうがい》に毛束を交差して巻き付けるというような、地毛で結う最後の髷である「先笄《さっこう》」を結う。その簪は、おめでたい鶴や松の入った大ぶりなものや、亀の入った縁起物をつけて、黒紋付を着せてもらう。ここから二週間は、襟足は正装である三本足となり、お歯黒もするのだ。

春子は、百春のお歯黒姿に仰天した。

お歯黒というのは、昔の女性の身だしなみに使われていたり、時代によっては、娘の成人や若妻の習慣になっていたりなど、様々な説がある。

それから、襟替え前後の一か月だけ、お座敷で舞うことのできる「黒髪」という曲がある。百春が以前、練習していた曲だ。普通の舞は五分弱程度のものが多いのに対して、倍ぐらいの長さだ。また、舞の意味も、女性の愛の切なさを表現したもので、色香が漂っている気がする。

時期によって様々な準備を重ねていくうちに舞妓さんを卒業し、芸妓さんになるんだという厳しさが、実感として身についていくのだ。


そして、仕込みさんからの苦労の日々、毎日、苦労して高枕で寝ていた日々、何より長かった舞妓時代……など、いろいろな思いを胸に、女将さんやお世話になったご贔屓のお客様、おねえさん方に、先笄の元結《もっとい》にはさみを入れてもらい、舞妓さん最後の日を迎える。

この断髪式は、「舞妓さんの頬をつたう一筋の涙ほど重いものはない」と、春子もいろいろな人からそんな話を聞いた。

いつもニコニコして、陽気な百春でさえも、胸に迫るものがあったようだ。


そしていよいよ、襟替え当日。

万寿楽の奥座敷で百春は「黒髪」を舞った。

春子は千春と一緒に、階段の脇から、百春の舞を万感の思いで見つめていた。

百春の襟替えの儀式が終わると、町の木々は秋から冬へと姿をすっかり変えていた。空気の冷たさと静寂の中に、どこか温かみがある。それは、花街の人々の温かさなのかもしれないと春子は感じていた。

*

百春が芸妓になったことで、下八軒に舞妓は一人もいなくなってしまった。

今度はいよいよ春子の番だ。

京大学の言語学研究室にもどれほど通っただろう。ふわふわとしていた部屋の空気が、ぴんと張りつめたものになっている。本腰を入れて指導をしてくれるので、春子もそれに応えようと、全力でレッスンに励んだ。

今日のレッスンは春子の前にマイクがセッティングされていた。そして、京野から一冊の詩集『花のえまい』を渡される。

「京ことばを話すんやない。今日は、本に書いてある言葉を読む練習や。ゆっくり読んだらええ」

春子はそれを手にとってから、京野に頷くと、「さいごの舞子ちゃん」というページを開く。
パソコンを覗き込んでいた秋平がイヤフォンをつけ、「準備できました」と言うと、京野は「ほな、始めよか」と春子を促した。
春子はマイクに向かい、深呼吸をするとゆっくりと読み始める。

「さいごの舞子ちゃん」

おちょぼから仕込みさん　なにもかも辛抱どした
一本立ちになるまでは……
そらぁ　しんどうおしたえ
おじぎの仕方　ことばづかい
舞扇は　手前から外に向けて開くもんや、と

月は朧に　東山
かすむ夜毎の　かがり火に
「ハイ　背筋シャンと伸ばして
ホレ　もっとおいど下ろしっ」
うまいことといかなんだら　お止めになるんどす
お師匠さんとこから　帰らしてもらえしまへんね
まだ　十二三の小娘どっしゃろ
なんぼ泣いたか　わからしまへんえ

詩集『花のえまい』白川淑　より「さいごの舞子ちゃん」

秋平の後ろからパソコン画面を覗き込んでいた京野は、モニターに表れたなめらかで柔らかな波形を見て、微笑みながら頷いた。

この詩集の一つ一つの言葉が心に沁みる。読み終えた春子が京野を振り返ると、少し満足そうな表情をしていた。

京野はヘッドフォンを外すと、今ならできるかもしれないと思ったのか、試すように京野メソッドである京ことばのメロディを歌いだした。

ワクワクした様子で春子を誘うと、春子もくりくりの目を見開き、京野の言葉を繰り返す。最初にこのメロディを教わったときとは大違いだ。

♪
おぶ　おぶ
ぼん　ぼん
はよ　はよ
といなぁ　といなぁ
堪忍え　堪忍え

「そうそう、その調子」というように京野は笑顔を見せ、テンションをあげていく。

春子もますます楽しそうに声を合わせた。

♪
こない　こない
そない　そない
あない　あない
どない　どない
京都の雨はたいがい盆地に降るんやろか
京のことばが都を作る　舞妓の命は京ことば
京都の雨はたいがい盆地に降るんやろか

「おぶ」「ぼん」「はよ」「といなぁ」「堪忍え」「こない」「そない」「あない」「どない」、そして、「京都の雨はたいがい盆地に降るんやろか」まで、春子の京ことばは完璧にメロディに乗っていた。

歌っているうちに盛り上がってくる。春子も自然と笑顔になるのがわかる。

普段、あまり感情の浮き沈みのない京野も、いつになく嬉しそうだった。その表情を見ているだけで、春子は「もう大丈夫」と自分の京ことばに自信を持てた気がした。

翌日の舞の稽古には千春もついていってくれた。

今日は江戸端唄である「梅は咲いたか」を踊っている。

千代美の少し後ろで見守ってくれている千春のためにも、きちんと踊りたい。その一心で踊り終えると、春子は正座をして手をつき、深々とお辞儀をした。

「これからも、お気張りやす」

相変わらず表情はなかったが、春子にそう言うと、千春のほうを向いて、大きく頷いた。

ようやく舞が認められたということだ。

「おおきに。おっしょさん、おおきに！」

春子は飛び上がらんばかりに、満面の笑みでお礼を言った。

稽古場を出ると、雪が降っていた。

「初雪やな……。あんた、手ぇ見せてみなはれ」

千春に言われ、春子は自分の両手を見ると、さっと背中に回した。

「ほれ」

促されて、春子はしぶしぶ両手を千春に差し出す。真っ赤にしもやけができて、荒れてしまっていた。

「よう、お気張りやしたな。けどな。こんな手ぇしとったら舞妓になれへん。これからは気ぃつけんとな」

千春は小さなバッグからハンドクリームを出し、春子の手を包むようにして塗った。

その優しさにじんわりとした温かさを感じる春子だった。

*

あっという間に年末がやってきた。

春子も千春の手伝いをしながら、めまぐるしく動いていた。

そして一年最後の締めくくりとして大切な八坂神社の「をけら詣《まい》り」に、千春、里春、百春、豆春とともに行った。

これは大みそかから元旦にかけて行われる、八坂神社の氏神さまの御火をいただく行事なのだという。境内に「をけら火」という、神前に捧げた浄火が、かがり火として焚かれるので、吉兆縄に火をともして、火が消えてしまわないように、縄をくるくる回しながら家に持ち帰る。

「寒いなあ、春子。回しとうみ……消さんようにな」

春子も千春にをけら火を渡され、それをくるくると回して歩いた。

八坂さんから持ち帰った火縄は、無病息災を願って神棚のロウソクに火をつけたり、雑煮を炊く火種としたりする。燃え残った火縄は「火伏せの御守り」として台所に祀るのだ。これを終えるとようやく新年を迎えた気がして、一息ついた。

「おめでとうさんどす」

千春に言われ、春子も「おめでとうさんどす」と返す。

「みんなで迎える新年なんて、そうないことえ。めでたいことや」

春子はもちろん、里春も豆春も里帰りをしなかったからだろう。いつになく万寿楽の正月は賑わっていた。

「めでたいついでに、春子のお見世出しが正式に決まりましたんえ。一月二十四日え」

春子は驚いて、千春を見た。

きっと四条通の八卦《はっけ》を見に行ったり、安倍晴明神社に訊きに行ったりしてくれたのだろう。単に嬉しいというよりは、突然すぎて戸惑いのほうが大きかった。

「おめでとうさんどす」

新年のおめでとうとは違う「おめでとう」を百春や豆春から言われ、ようやくじわじわと喜びが込み上げてきた。

「おめでとうさんどす。うちが引いて出る」

里春が迷いもなくきっぱりと言ってくれたことに、一番驚いた。

「妹を引く」ということは、舞妓の一切の面倒を見ることになるため、ものすごく物入りになるという。自分自身も芸妓としてお座敷に出てお花を売らないといけないし、妹の面倒を見るお金も旦那さんやご贔屓筋に頼まなければならないらしい。

その役割を里春が担ってくれるというのだ。

「そうか、嬉しいなぁ、春子」

千春の表情はとても穏やかだった。百春や豆春も目を細めて、春子を見ている。

「よろしゅう、よろしゅうおたのもうします」

春子は里春に何度も何度も頭を下げた。


とうとう決まった。

憧れの舞妓になる日がやってくるのだ。

春子の笑顔は今までにない輝きを見せていた。

第六章

二〇一四年一月二十四日。

万寿楽の軒先の表札に「小春」の名前が増えた。

今日はお手伝いではなく、自分のために支度部屋に入った春子は、緊張した面持ちで髪結さんに割れしのぶに結ってもらい、「だいかん」といわれるべっ甲の大きな簪をつける。また「びらかん」という、銀色に光る細い短冊状の簪を左右につけ、見世出しの時にしかつけることのできない「みおくり」という金銀のはねを髷の後ろにつけた。

それから里春に化粧をしてもらう。

顔中にびん付け油をひき、その上に水白粉《みずおしろい》を刷毛で塗っていく。鏡で見ていても、里春の筆さばきは小気味よく、まだらになったりぐずぐずになったりすることもなく、春子の若い肌につるりとした艶《つや》を与えた。そこに頬紅をさし、仕上げに舞妓特有の下唇だけの紅をさす。そして、襟足も白粉を正式な三本足に塗ってもらった。

最後は富さんに着付けてもらう。仕込みとして仕事を始めた頃、「あんたが、舞妓さんにならはったら、あてが面倒見る」と言ってくれたとおり、富さんが舞妓の象徴である金色のだらりの帯を締めてくれた。

鏡で見ると、自分が自分でないようだった。


すっかり舞妓の支度ができた春子は、帳場に向かった。

千春に挨拶をするためである。

帳場はいつもとまったく様相を変え、大きなお祝いの目録があり、宝船や鯛などの縁起物の書かれた紅白の紙が貼られている。

今日は津軽から祖父の田助と祖母の梅もわざわざ出てきてくれた。千春が招待してくれたのだ。

里春についてもらい、その隣で春子は手をつき、まずは千春に挨拶をした。

「おかあさん、おおきに。よろしゅう、おたのもうします」

「今日から、舞妓・小春や。お気張りやす」

それから春子は向き直り、部屋の隅で小さくなって座っている田助と梅に向かっても「おおきに」と頭を下げた。事故で亡くなった両親に代わって育ててくれたことへの感謝、そして、舞妓になりたいという春子の夢の後押しをしてくれ、気持ちよく送り出してくれたことへの感謝だ。

二人に無事、舞妓デビューの姿を見せることができ、春子の胸にも込み上げてくるものがあった。


千春や里春、豆春、百春の立ち会いのもと、三三九度で姉妹の固めの盃を交わしたあと、玄関で男衆の富さんと並んだ。挨拶まわりに出る春子を、千春が火打ち石をカチカチと鳴らして送り出す。

「小春」となった春子は背の高いぽっくりである〝おこぼ〟を履き、ゆっくりと左足から踏み出す。思ったよりも重くて、とても不安定だった。そのおぼつかなさが今の春子の初々しさを表しているようでもある。玄関の前に出ると、久しぶりの舞妓の見世出しというだけあって、たくさんの見物人やカメラを構える人でいっぱいだった。

春子はその人だかりの中に京野の姿を見つけ、微笑んだ。

京野も笑顔で頷いてくれる。ずっと見守り、最後まで見届けてくれたことが嬉しく、ここからが本当の出発だと気を引き締めた。

富さんの後ろについて、八軒小路を歩いていく。何度も何度も走り回ったこの道を、自分が見物人を引き連れて舞妓姿で歩くなど、夢のようだ。

「おたのもうしま〜す。小春さんのお見世出しどす〜。里春さんの妹さんで小春さんどす。おたのもうします」

富さんがお茶屋「西野」の玄関を入っていき、紹介をしてくれる。続いて小春も「おたのもうします」と挨拶をした。

「おめでとうさんどす。お気張りやっしゃ」

女将さんが祝ってくれる奥のほうで、壁にもたれ膝を抱えている秋平の姿が微かに見えた。出てきてくれてもいいのにと思いながら、富さんが次のお茶屋さんへ向かうために行ってしまったので、慌ててついていく。

次はお茶屋「中藤」だ。

「おたのもうしま〜す。小春さんのお見世出しどす」

「おたのもうします」

ゆっくりと頭を下げる。我ながら、所作も舞妓らしくなっているはずだと少しだけうぬぼれる。

でも、小路を挨拶して回り、注目されると、もっともっと気を引き締めなければならないと春子は思うのだった。


その夜。

舞妓となった小春の初めてのお座敷に集まったのは、ずっと見守ってくれていた二人、若様と京野だった。

お引き摺りを着た里春が、三味線など音楽を担当する地方さん二人の演奏に合わせ、祝いの舞である「鶴亀」を舞っている。

座敷には、豆春、百春、鶴一、鶴丸が揃っている。

「今日はちょっとずるいなあ。女将さんも気張って仕込みよった」

若様が皆を見回しながら言うと、京野が「そらそうです。ほんまもんの舞妓デビューですさかい」と笑った。

「総動員かけよって。そないに新人舞妓守り立ててどうすんにゃ。ごまかされへんで。……百春についでもらうわ」

「嫌やわ……ふん」

若様に相手にされなかった豆春がふくれる一方で、京野にはベテランの鶴一がお酌をした。

「おおきに」

と、その時、「ごめんやす」と里春が襖を開けた。

小春は里春と並んで廊下に座り、手をついて深く頭を下げた。

「妹で出ました小春どす。よろしゅうおたのもうします」

里春に紹介され、小春は「おおきに。小春どす。よろしゅうおたのもうします」と挨拶をする。きっちり京ことばで挨拶ができたかどうかドキドキだったが、京野が微笑んでくれていたので、力を得た気がした。

それから春子は、まず落ち着いて着物を正してから若様の横に座り、花名刺を渡す。花名刺というのは、京都の舞妓が持つ名刺の一種で、背景には季節を表した柄や、干《え》支《と》やおもちゃ、道具などの柄が描かれている。春子の花名刺にはピンクの桜の花びらがあしらわれていた。

「小春どす。どうぞよろしゅう、おたのもうします」

「おめでとうさん」

祝ってくれた若様にお酌をする。練習したはずなのだが、こぼさないよう慎重になりすぎるのと、手元を見られているという緊張感で、少し震えた。

「ドキドキしとるか？」

「へえ。心臓が体中にぎょうさんあって、それが、みんなでドキドキしてる気ぃがします」

春子が答えると、「おもろいことゆうなぁ。仕込みさんは辛かったか」と若様が笑って言った。

「そんなことおへんどした。おかあさんやら、おねえさんが優ししてくれはって」

「そうか。舞はどうや？」

した。

里春に「ほな見てもらいまひょか」と促されると、小春は立ち上がり、舞の準備を

若様が言う。

「そうか。ほな、見せてもらおうか」

「へえ。大好きどす」

襖が開いて、廊下の踊り場が舞台になる。

地方さんに鶴丸も加わってくれ、その三味線に合わせて春子は舞った。

踊っていると、万寿楽に仕込みとして入ってからのことが次々に思い出される。

「へえ」すら言えなかった京ことば。

「ちゃうちゃう」と言われた鳴り物の稽古。

「お止め」が出てしまった舞。

ねえさんたちの満足するような仕事ができなかった自分。

そして、「君は舞妓に向いてない」と言われ、声が出なくなってしまったこと……。

それらが全部、今の春子の糧となっている。それがあったからこそ、今、春子はこ

こに舞妓として立っている。

京野がまぶしそうに見ている。

春子の初々しい舞を階段の隅で千春が見守っている。

振り袖の返しもうまくいき、春子は最後に正座をして、深々とお辞儀をした。


舞を踊り終え、座敷に戻ると、若様に「よう頑張ったな」と褒めてもらった。

舞妓としてはまだデビューしたばかりだけれど、極度の訛りで京ことばがしゃべれない、周りに気も遣えないという状態からは少し進歩したのかもしれない。小春は「おおきに」と言って、満面の笑みを見せた。

その時、「おおきに」と声がして襖が開き、千春が若様に挨拶をした。

「おいでやす」

「なんや、小春を見てるとな、初めての気ぃせんのや。なんでやろ。どっかで逢うたことあるような気ぃするわ」

「そうどすか」

千春が微笑むと、横から鶴一が「わからしまへんか。よう似た子ぉ、いましたやろ。

むか～し、このうちに」と言った。

それには春子だけでなく、千春も驚いて鶴一を見た。

「え？　誰や」

「誰どすか？　うちの知ってるお人どすか？」

豆春と百春が興味深げに訊く表情を見ながら、里春が「知らんかもしれんなぁ」といたずらっぽく笑った。

ということは、里春も知っているということなのかと春子はさらに驚いた。

「あんたも、知ってはったんかいな」

驚いた様子の千春に、里春は当然とでもいうように頷いた。

「うちが引いて出んで、どないするんや思いましたえ」

こんなに皆が知っていたなんて――京野に固く口止めされていた春子は、この舞妓になる儀式も取り消されてしまうのではないかと、顔を曇らせた。

「なんやみんなで。もったいぶらんかてええやろ」

若様が千春や鶴一、里春の顔を見回したけれど、誰も応えようとしない。

「大好きなねえさんやった。二人して正座の我慢比べもした。お漬けもんも大嫌いやった」

　里春が懐かしむように春子に語りかけた。お漬けもんが嫌い――春子が漬物を残したその日から、一春の娘であることを知っていたというのだろうか。

「え？　もしかして」

　豆春が、豆鉄砲をくった鳩のような顔で、春子を見つめる。千春が頷きながら「うちが引いて出た……」と微笑んだ。

　それで、古くから万寿楽に出入りしている若様もピンときたようだ。

「……一春？」

　若様は春子をまじまじと見つめ、感心したように言った。

「ほんまや、そっくりや。まるで生まれ変わりや。こんなに似てる子ぉもいるもんなんやなぁ」

「他人の空似やあらしまへんえ。初めて、ここの表で掃除してるの見た時、ピ〜ンときましたんや。あんたのお母ちゃん、一春さんやろ」

　鶴一の言葉に若様は「まさか！」と春子を振り返った。

　皆に注目され、困った春子は、京野の様子を窺う。すると、京野はもういいだろうというように頷いた。

京野が春子に黙っていろと言ったのは、昔、下八軒で駆け落ちをして置屋を一軒潰しかけた一春という舞妓のうわさ話を知っていたからだ。春子がおかあさんを裏切って駆け落ちしてしまった舞妓の娘であることがわかったら、確実にこの町を追い出される。それどころか、舞妓の修業など受け入れてもらえないだろう、京野はそれを危《き》惧《ぐ》していたのである。

春子は思い切って、皆に告白する。

「そうどす。うちのお母ちゃんは一春どす」

「こら、たまげた。あの鹿児島弁の板前と駆け落ちした。そうか……！　それで鹿児島弁か。あの一春の娘の見世出しとはなぁ。センセは知ってて、それで？」

若様はすべて合点がいったというように、しきりに「そうかそうか」を繰り返していた。

「最初は知らんかったんです。女将さんに預かってもらうことが決まったあと、本人から聞いて、驚きました」

「おかあさんも、里春さんねえさんも、うちのお母ちゃんが一春……一春さんねえさんやて、知ってはったんどすか」

春子は思い切って訊いた。京野は、春子の母親が一春だとわかったら、ここに置いてもらえなくなる、舞妓になれなくなると言っていた。

もし、本当に知っていたとしたら、なぜ、そのまま黙っていてくれたのだろうか。

「そうえ。みんな、あんたのお母ちゃんが大好きやったえ」

皆が微笑むのを見て、舞妓になってよかった、万寿楽にお世話になってよかったと心から思う春子だった。

＊

一月も終わりを迎える頃。

まだまだ寒さの残る京都だけれど、時折、春を感じさせる空気が漂う。

間もなく春子が京都にやってきて一年になる。

この一年でいろいろなことが変化し、忙しかったけれど、それだけに今までの人生の中で一番充実していた日々でもあった。

白地に花模様の着物を着て、オレンジ色のだらりの帯を身につけた舞妓姿の春子が京大学の正門を抜け、キャンパスに入っていく。

行き交う学生に興味津々の目で見られ、「すいません写真撮っていいですか？」と言われても、ただ「おおきに」とニッコリ笑っていなす術《すべ》も身につけた。

何度も通った言語学研究室の前に立ち、ノックをする。

「どうぞ」

この声は秋平だ。

「よろしおすか」

言いながら入っていくと、秋平は「春子、ちゃん？」と舞妓姿の春子に驚いたようだった。

「小春どす」

あっけにとられている秋平に追い打ちをかける。

「なんでうちのお見世出しに来てくれはらへんかったんどすか？」

西野の奥にいたのはわかっている。だからこそ出てきてほしかったのにと、春子はその言葉を呑み込む。

「だって、芸妓も舞妓も、この町も嫌いだって言ったろ？」

「うちは、この町が大好きどす。お母ちゃんもいたこの町で生きていこう思てます。お兄さんかて、ほんまはこの町に生まれて、この町が好きなんと違いますか。そやかったら、なんで京ことばの研究してはるんどす？」

「それは、京都に生まれて京都で育ったアドバンテージがあるからだ。だからセンセにも頼りにされる。結果、学位もとりやすい」

秋平は顔色一つ変えずに言った。

「そうどすか。せやけど、いつかお兄さんの京都弁が聞きとうおす」

「僕の京都弁より、センセの江戸弁の方がおもしろいよ。だってセンセは生粋の江戸っ子だから」

それはおかしい。春子が声を出せなくなった時、京野は鹿児島出身だと言って、励ましてくれたではないか。

「センセは鹿児島生まれどす」

なぜ知らないのかというように、春子は笑いながら告げた。

「ううん、東京だよ。鹿児島弁でも聞かされた？」

春子が狐につままれたように頷くと、秋平は声を立てて笑った。

「うまいでしょう？　でもセンセは鹿児島弁だけじゃなくて、日本中のあらゆる方言を操れるんだ」

そこにちょうど京野が研究室に入ってきた。舞妓姿の春子を見て、相好をくずす。

「おお、君か。キャンパスはえらい騒ぎや。ほんまもんの舞妓が来てるて」

「あのぅ、センセの故郷は鹿児島やおへんのどすか？」

春子はたった今、秋平から聞いたばかりの事柄を確かめたかった。すると、京野は
「ん？」と突然うろたえ、困ったような表情になった。

「え？　あ〜、いや、ほんまは東京や。あん時は、何とか勇気づけとうて、鹿児島弁を使わせてもろた。堪忍な」

春子は京野の姿をじっと見つめた。その強い視線に、「悪気はなかったんや……」と小さくなる。

言い返そうとした春子だったが、声が出せず、口をパクパクした。その不穏な空気を読み取ったのか、京野は「どないした？」と怪訝そうな顔になる。慌てて近づいて

きた秋平も春子の顔を覗き込み、「え、声が出ないの？」と目を見開いた。

春子は喉を押さえながら、おそるおそる頷く。

「ええ？　ほんまか。どないしょ。センセが悪かった。騙《だま》すつもりはなかったんや」

またしても声が出なくなってしまった春子の姿に動揺してうろたえる京野を、さらに秋平が責める。

「そんなことないでしょ。つもりはあったでしょ。鹿児島弁で話して鹿児島出身だって思わせようとしたんだから、それは騙したってことになるでしょ！　もう、どうするんですか。また声出なくなっちゃって」

「いや、悪かった……どないしよう、な、秋平くん、どないしようか」

京野は本当に困っている。

「え、センセちょっと……どうするんですか」

「こういう時は、どうするんや……えらいこっちゃな」

困り果てて頭を抱える二人を見て、春子は笑いが込み上げてくる。

「騙されはった」

してやったりとばかりに春子がいたずらっぽく笑うと、京野と秋平はぽかんと口を開けて、春子の顔を見た。

「おおきに。すんまへん。これからも、よろしゅうおたのもうします」

京野と秋平がホッとしたところで、春子は「ところで、ゴキブリはん。『ゴキブリはん』て、どないな意味どす？　嘘つきゆうことどすか？」と尋ねた。

「いや……」

嘘つきと言われ、京野が何も言い返せずにいると、代わりに秋平が口を挟んだ。しかも、春子の前で初めて京都弁を使ったのだ。

「あんな、ゴキブリはんちゅうんは、若様がつけはったあだ名や。お茶屋さんの台所に上がり込んで、ときどき顔を見せる芸妓さんや舞妓ちゃんを肴に、タダ酒を飲む人いう意味や。ただし、センセの名誉のためにゆうとくと、センセは言語学者として、花街の人たちの言葉を研究しはるために、ゴキブリはんになってはっただけや」

たしかに、京野メソッドがなかったら、春子は一年で舞妓デビューなどできなかったかもしれない。

「おおきに」

京都弁を使ってくれた秋平に、春子はニッコリと微笑んだ。

そして二〇一四年二月三日、節分の夜がやってきた。

花街では「お化け」の夜。春子がこの下八軒に初めてやってきてからちょうど一年だ。下八軒には相変わらず舞妓は一人しかいないけれど、今年のお化けはことのほか賑やかだった。

たとえば、万寿楽のお座敷では、舞妓姿の里春が殿様に扮した勘八郎と酒を酌み交わしている。

鶴一と鶴丸はカウガール姿になり、八軒小路を歩いている。

百春は白雪姫姿に、若様と京野は英国紳士姿で、舞のお師匠さんである英国淑女姿の千代美と並んでいる。

そして、お茶屋の屋根に梯子《はしご》をかけ、登っているのはラテンダンサー姿の富さんだ。彼について登っていくのは、同じくラテンダンサー姿の豆春。男衆との恋愛はご法度だけれども、お化けの日にお揃いの格好をするぐらいは許されるだろう。豆春の表情は晴れやかだった。

春華やかに　においます
夏涼やかに　宵山の鐘　響く都で
よろしゅうおたのもうします
おおきにおたのもうします
扇子とったら　光さす

舞妓はレディ　舞妓はレディ
花となりましょう
舞妓はレディ　舞妓はレディ
明日に咲きましょう
ああその時を　胸に抱くつぼみよ

秋色づいて踊りだす
冬は一途に
北山の風　駆ける都で

よろしゅうおたのもうします
おおきにおたのもうします
芸と心と　みがきます

舞妓はレディ　舞妓はレディ
花となりましょう
舞妓はレディ　舞妓はレディ
明日に咲きましょう
ああその時を　胸に抱くつぼみよ

だらりの帯を身につけた春子は、英国紳士姿の若様と京野と並んで、八軒小路を歩いていた。

「なあ、小春。舞妓に一番大事なのは、なんやわかるか」

若様の言葉に、春子は「なんどすか？」と訊き返す。京野も立ち止まり、若様を見やり、「なんどすか？」と重ねて言った。

「それは、若さや。ただの若さやない。一所懸命の若さや。そこにお客は、人生の春を見るんや。春子を見てて、わても気づいた。生まれも育ちも関係ない。お母ちゃんが舞妓だったからやない、一所懸命がほんまなら、それでほんまの舞妓になる。そやから、小春は、ほんまもんの舞妓や。そうゆうこっちゃ」

「おおきに。ほな、センセは約束を果たさはったいうことどすな」

春子の後見人となり、舞妓・小春となるまで京ことばを教えてくれるなど後押しをしてくれたのだ。

「……そやな」

若様が渋々頷く。

「そやったら、もうセンセはゴキブリはんにならんかてよろしおすんやな」

「……そうやな」

春子が笑顔で京野を振り返ると、彼の顔がパッと明るくなり、「おおきに。すんまへん。おたのもうします」と頭を下げた。

春子にとっては、不安しかなかった一年前の今日。

万寿楽の人たちをはじめ、京野や秋平、富さんなどいろいろな人に支えられ、見守られて舞妓となった今、踊りだしたくなるような夜を迎えた。

ここ、京都の下八軒の「お化け」の夜は、家々の屋根や路地を埋め尽くす人々の夜を徹する大乱舞で、今一度の輝きを取り戻している。

その楽しげな花街の様子を興味深げに眺めている京野の横顔を見上げながら、春子はやっぱり京野に恋をしていると、そう思うのだった。

この作品は、映画「舞妓はレディ」のシナリオを元にした書き下ろしです。

ＪＡＳＲＡＣ 出 １４０９９３５-４０１

幻冬舎文庫

●好評既刊
Shall we《シャルウィ》ダンス?
周防正行

さえない中年サラリーマンが一念発起して社交ダンス・スクールへ。滑稽な失敗の連続ながら、忘れかけていた情熱を取り戻し、恋に胸を熱くする。映画と違うほろ苦い大人の恋の結末が秀逸。

●好評既刊
セカンドステージ
五十嵐貴久

疲れてるママ向けにマッサージと家事代行をする会社を起業した専業主婦の杏子。従業員はお年寄り限定。ママ達の問題に首を突っ込む老人達に右往左往の杏子だが、実は彼女の家庭も……。

●好評既刊
給食のおにいさん　卒業
遠藤彩見

「自分の店をもつ!」という夢に向かって歩き始めた宗だったが、空気の読めない新入職員の出現で調理場の雰囲気は最悪に……。給食のおにいさんは、調理場の大ピンチを救うことができるのか。

●好評既刊
わりなき恋
岸　惠子

パリ行きのファーストクラスで隣り合わせ、やがて惹かれ合う仲となった六十九歳の伊奈笙子と五十八歳の九鬼兼太。成熟した男女の愛と性を鮮烈に描き、大反響を巻き起こした衝撃の恋愛小説。

●好評既刊
アヒルキラー
新米刑事赤羽健吾の絶体絶命
木下半太

2009年「アヒルキラー」、1952年「家鴨魔人」。美女の死体の横に「アヒル」を残した2つの未解決殺人事件。時を超えて交差する謎に、喧嘩バカの新米刑事と、頭脳派モーレツ女刑事が挑む。

幻冬舎文庫

●好評既刊
ヒートアップ
中山七里

七尾究一郎は、おとり捜査も許されている優秀な麻薬取締官。だがある日、殺人事件に使われた鉄パイプから、七尾の指紋が検出された……。七尾は窮地を脱せるのか!? 興奮必至の麻取ミステリ！

●好評既刊
ドS刑事
三つ子の魂百まで殺人事件
七尾与史

東京・立川で「スイーツ食べ過ぎ殺人事件」が発生。捜査が進むにつれ、〝姫様〟こと黒井マヤ刑事は心の奥底に眠っていた少女時代の「ある惨劇」の記憶を思い出す。ドSの意外なルーツとは？

●好評既刊
不思議プロダクション
堀川アサコ

弱小芸能事務所のものまね芸人・シロクマ大福、25歳。将来への不安と迷いを抱える彼のもとには、芸人の仕事はないのに不可思議な事件ばかりがきて……。ほっこりじんわりエンタメミステリ。

●好評既刊
ダンス・ウィズ・ドラゴン
村山由佳

地獄だっていい、ふたりでいられるなら——。井の頭公園の奥深く潜む、夜にしか開かない図書館。龍を祀る旧家に育った〝兄妹〟が、時を経て再会した時、人々の運命が動き出す。官能長篇。

●好評既刊
太陽は動かない
吉田修一

金、性愛、名誉、幸福……狂おしいまでの「生命の欲求」に喘ぐ、しなやかで艶やかな男女たち。息詰まる情報戦の末に、巨万の富を得るのは誰か？　産業スパイ「鷹野一彦」シリーズ第一弾。

舞妓《まいこ》はレディ

周防《すおう》正行《まさゆき》　白石《しらいし》まみ

平成26年8月30日　初版発行

発行人――石原正康
編集人――永島賞二
発行所――株式会社幻冬舎
〒151-0051東京都渋谷区千駄ヶ谷4-9-7
電話　03(5411)6222(営業)
　　　03(5411)6211(編集)
　　振替00120-8-767643
印刷・製本―中央精版印刷株式会社
装丁者――高橋雅之

検印廃止
万一、落丁乱丁のある場合は送料小社負担で
お取替致します。小社宛にお送り下さい。
本書の一部あるいは全部を無断で複写複製することは、
法律で認められた場合を除き、著作権の侵害となります。
定価はカバーに表示してあります。

Printed in Japan © Masayuki Suo, Mami Shiraishi 2014

幻冬舎文庫

ISBN978-4-344-42221-6　C0193　す-2-2

幻冬舎ホームページアドレス　http://www.gentosha.co.jp/
この本に関するご意見・ご感想をメールでお寄せいただく場合は、
comment@gentosha.co.jpまで。